“코노논 군,
이게 엄마가
하는 일이야.”
미나즈키
스즈하
SUZUHA
MINAZUKI
비너스 문고
편집
미나즈키 스즈하

"오빠……
부끄러우니까 그렇
뚫어지게
쳐다보지 마……."

"오빠,
나한테 몸으로
가르쳐줘……."
미나즈키
스즈네
SUZUNE
MINAZUKI

“엄마랑 못된 짓
잔뜩 하자.”
“오, 오빠…….
스즈네랑 일선을 넘자.”

친구의 여동생이 관능소설의 모델이

2

아키라 아카츠키

[일러스트] 오료

SHINYU no IMOUTO ga
KANNO-SHOSETSU
no MODEL ni
natte kureru rashii

커버 그림, 본문 일러스트 | **오료**

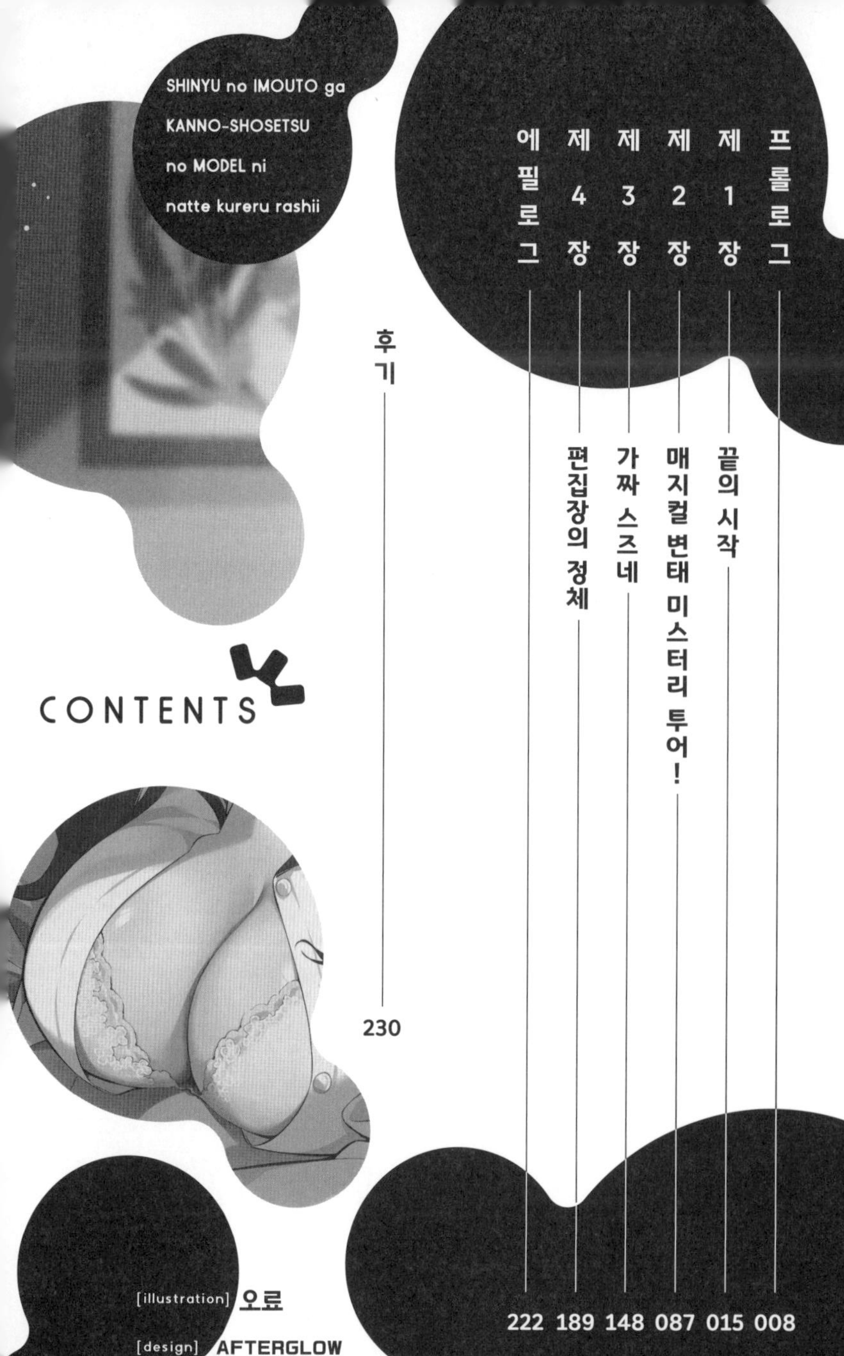

SHINYU no IMOUTO ga
KANNO-SHOSETSU
no MODEL ni
natte kureru rashii

CONTENTS

[illustration] 오료
[design] AFTERGLOW

아아~, 상쾌한 아침이다.

다시 한번 말해두겠다.

오늘 아침은 정말로 상쾌한 아침이다.

어느 초여름 아침. 나 카나에 류타로는 오늘도 학교를 향해 걸어간다.

바로 얼마 전까지 일대에 피었던 왕벚나무 벚꽃길은 완전히 연분홍색에서 녹갈색으로 변모를 이뤄, 우리에게 광합성으로 만들어진 신선한 산소를 공급해 주고 있다.

정말로 공기가 신선하다.

오늘 아침은 끝내주는 기분으로 학교를 향할 수 있을 것 같다.

하지만 나를 이렇게까지 상쾌한 기분으로 만드는 것은 공교롭게도 이 왕벚나무 이파리 덕분만은 아니다.

"선배의 입맛에 맞으면 좋겠는데요……."

살짝 뺨을 붉게 물들이면서 부끄럽게 도시락통을 내미는 소녀.

그녀가 바로 내게 끝내주는 아침을 제공해 주는 장본인이다.

미나즈키 스즈네.

그녀는 내 친구인 미나즈키 쇼타의 여동생이자 내 여동생 카나에 미유키의 절친한 친구이다.

친구의 여동생이자 여동생의 친구. 가깝고도 먼 것 같은 존재인 그녀는, 오늘 아침에도 나를 위해서 도시락을 싸 와줬다.

크으~ 너무 행복하다……!

"고마워. 하지만 아무래도 매일 아침 도시락을 싸는 건 힘들지 않아? 무리해서 하지 않아도 돼."

물론 도시락을 싸주는 건 기쁘다. 무지막지 기쁘다. 도시락을 만들어 주는 사람이 학교의 절대적 아이돌 미나즈키 스즈네이다.

그녀가 손수 만든 도시락을 먹을 수 있는 권리를 손에 넣어서 기쁘지 않을 남자는 없다.

하지만 매일 그녀에게 도시락을 싸게 만드는 건 마음에 걸린다.

적어도 나는 손수 만든 도시락에 어울릴 만한 대가를 그녀에게 제공할 자신이 없다.

살짝 양심의 가책도 느끼면서 도시락통을 받아서 들었지만, 그녀는 그런 나에게 고개를 가로로 내저었다.

"무리하는 게 아니에요. 저는 선배가 도시락을 맛있게 먹는 모습을 보고 싶거든요."

그녀는 그렇게 말하며 저도 모르게 나한테서 시선을 피했다.

귀여워. 정말로 천사다.

보답을 바라지 않고 오로지 나를 기쁘게 해주기 위해서 이른 아침부터 열심히 도시락을 만드는 스즈네의 모습을 상상하자, 나도 모르게 치밀어 오르는 감정이 있었다.

정말로 끝내주는 아침이다.

이 도시락만으로 나는 앞으로 시작되는 지루한 수업을 극복할 자신감이 샘솟는다.

부끄럽다는 듯이 나한테서 눈길을 피했던 스즈네는 다시 나를 향해 시선을 되돌렸다.

"게다가 이건 보답이기도 해요."

"보답이라고?"

"네, 선배는 저한테서 새로운 가능성을 찾아주셨어요. 여태까지 제가 부끄러워해야 하는 일이라고 생각했던 것을 부끄러워해야 할 일이 아니다, 가슴을 펴도 된다고 가르쳐주신 선배에게 드리는 보답이에요."

나는 그 말에 그녀가 초변태라는 사실을 다시금 떠올렸다.

"그, 그러십니까……."

그녀는 반짝반짝 빛나는 눈으로 나에게 뜨거운 시선을 보내왔다.

순진무구한 눈동자에, 이번에는 내가 시선을 피하고 말았다.

그래, 미나즈키 스즈네는 이렇게나 청초하고 귀엽게 생긴 미소녀이지만, 한편으로는 초변태이다.

더군다나 그 변태 기질은 그녀의 미모 이상으로 현격하다.

애초에 내가 그녀와 둘이 등교하며, 그녀가 손수 만든 도시락을 받을 수 있는 것도 모두 그녀가 초변태인 덕분이다.

나, 카나에 류타로는 눈앞에 있는 미소녀 미나즈키 스즈네를 모델로 삼은 관능 소설을 웹에 연재하고 있다.

그리고 바로 몇 달 전, 그 사실을 그녀에게 들켰다.

한 고등학생의 인생이 끝장나기에는 충분한 사건이었다.

나 역시 인생의 끝을 각오했다. 하지만 그녀는 그런 내 소설을 진심으로 사랑한 것도 모자라, 내가 훨씬 더 그녀를 모델로 삼기 쉽게끔 이끌어 주기까지 했다.

그 결과, 나는 생각지도 못했던 소설 사이트 랭킹 1위 달성과, 더 나아가서는 출판사에서 들어온 서적화 타진까지 손에 넣을 수 있었다.

대신 터무니없는 부산물도 손에 넣고 말았지만…….

여전히 나를 반짝거리는 눈동자로 바라보는 스즈네를 놔두고서 뒤쪽으로 고개를 향했다.

후방 10m쯤 떨어진 곳을 걷는 까까머리의 멋진 청년이 보였다.

내 절친이자 스즈네의 오빠인 미나즈키 쇼타이다.

그는 나와 스즈네에게, 마음에서 우러나는 다정한 눈빛을 보내고 있었다.

우윽, 징그러워.

이 쇼타의 모습이야말로, 저번 관능 소설 사건 최대의 부산물이다.

한때는 내 소설에 감화되어 스즈네를 계속 속박했던 그였지만, 내 대폭적인 원고 수정과 스즈네에게 밟히며 받은 매도로 인해 완전히 성벽이 비틀어지고 말았다.

그리고 이런저런 일을 겪으며 사람이 저렇게 변하고 말았다.

스즈네의 정보에 따르면, 최근 완전히 불도에 빠져서 휴일에는 하루 종일 사찰 순례를 다닌다고 한다.

지금도 보기에는 단순히 셋이 학교를 향해 걸어갈 뿐이지만,

이 평범한 광경 안에는 수많은 에피소드가 숨겨져 있다.

하지만 덕분에 이렇게 당당하게 나는 스즈네와 통학할 수 있고, 그걸 타박하는 사람도 없다.

종합적으로는 내 관능 소설은 좋은 방향으로 우리를 이끌어 주었다……고 해두고 싶다.

“그러고 보니 마침내 때가 됐네요.”

그렇게 회상에 잠기고 있노라니, 스즈네가 그런 말을 하길래 고개를 갸우뚱했다.

“뭐가?”

“미팅 말이에요. 오늘 방과 후라고 하셨죠.”

“아아…….”

거기까지 듣고서 간신히 스즈네의 말에 담긴 뜻을 이해했다.

그렇다. 실은 오늘 방과 후에는 편집자님과 첫 미팅이 있다.

내 소설 『친구의 여동생을 NTR』이 마침내 서적화를 향해서 움직이기 시작한 것이다.

“마침내 선배의 소설이 책으로 나오는군요.”

“뭐 책으로 나오는 건 한참 뒤일 것 같지만.”

“선배의 소설을 서점에서 집어볼 날이 기대되네요.”

19금 코너에서 말이지…….

과연 발매했을 때 그녀가 손에 집을 수 있을지 없을지는 불명이지만, 응원해 주는 마음이 느껴져서 기쁘다.

아, 그렇지. 실은 그 편집자님과 몇 번인가 메일을 주고받고,

놀란 점이 있어서 이 자리를 빌려 보고하고 싶다.

실은 나랑 편집자님은 상당히 가까이 사는 이웃인가 보다.

더군다나 자세한 주소를 듣지 않기는 했지만, 걸어서 오갈 수 있을 만큼 가까운 거리인 모양이다. 즉, 지금 이 타이밍에 나와 편집자님이 스쳐 지나갔다고 해도 이상하지 않은 것이다.

그래서 그게 뭐 어쨌냐고 하면 아무런 대꾸를 할 수 없지만, 넓은 일본에서 우연히 걸어서 오갈 수 있는 거리에 산다니 대단하구나 하고 나는 생각했을 뿐이다.

"아, 엄마다."

옆에서 걷던 스즈네가 문득 그렇게 중얼거리며 앞쪽을 손가락으로 가리켰다.

손가락으로 가리킨 방향에 시선을 향하자, 전방 10m쯤 앞에 있는 편의점에서 정장 차림을 한 스즈네 어머니가 나오고 있었다.

아무래도 그녀도 이제부터 출근하는 모양이다.

스즈네의 "엄마~!!"라는 목소리에 스즈네 어머니는 이쪽으로 고개를 돌리더니, 웃는 얼굴로 손을 흔들며 역 쪽으로 걸어갔다.

참으로 흐뭇한 광경이다.

그런 두 미녀의 모습에 미소를 머금으면서 나는 문득 생각했다.

"스즈네의 어머니는 꽤 바빠 보이시는 분이네."

스즈네 어머니는 만날 때마다 대부분 정장 차림이었다.

스즈네의 집에 놀러 가도 정장 차림으로 집을 뛰쳐나오는 모습을 몇 번인가 목격했는데, 대체 무슨 일을 하는 사람일까?

나는 그런 소박한 의문을 입에 담았지만, 스즈네는 "어, 뭐, 그러네요……"라고 쓴웃음을 띠며 참으로 애매하게 대답했다.

나는 살짝 지나치게 파고들었나 싶어 반성했다. 너무 남의 가정에 대해서 이러쿵저러쿵 따지면 좋지 않다.

게다가 스즈네 어머니가 어떤 일을 한다 한들, 나에게는 아무런 상관도 없는 일이다. 더 생각할 일도 아니다.

그래서 이때의 나는 깨닫지 못했다.

그런 스즈네의 애매한 대답이 앞으로 일어날 미나즈키가와 카나에가를 말려들게 하는 대파란의 커다란 복선이라는 사실을.

나와 편집자님의 자택이 근처라는 사실이 단순한 우연이 아니라 필연이라는 사실을.

그리고 깨달았을 무렵에는 모든 게 때가 늦었다는 사실을…….

방과 후를 맞이했다.

마침내 편집자님과 첫 미팅을 한다. 어쩐지 미팅이라고 하니, 자신이 정말로 프로 소설가가 되었다는 실감이 샘솟아서 살짝 두근거렸다.

물론, 앞으로 소설 원고 수정이나 그 밖에 이것저것, 내가 르는 힘든 작업이 이어질 거다.

지금은 기대감으로 가슴이 두근거리지만, 곧 이 두근거림이 금세 고생으로 변하는 날이 올지도 모른다. 그러나 지금만은 이 두근거리는 마음을 품고서 미팅을 맞이하고 싶다.

프로 소설가의 길에 오른 기쁨에 젖어 있고 싶다.

그런 마음으로 나는 자택에서 가장 가까운 역을 통해 몇 정거장 떨어진 츠키모토 역에 도착했다.

이 역에 편집자님의 단골 카페가 있는 모양인데, 오늘 미팅이 그 카페에서 진행될 예정이다.

역에 도착하자마자 편집자님이 메시지로 보내온 지도를 의지해 역 주변을 걸어갔는데…….

"여, 여기는……."

지도를 의지해서 걸은 결과, 나는 역 앞 상점가에 있는 카페에 도착했다.

나는 간판을 보고서 내 눈을 의심했다.

거기는 언젠가 스즈네와 둘이 찾아왔던 찻집이었다.

스즈네가 자신이 초변태라는 마음을 표명한 그 가게다.

이게 무슨 우연이람.

그게 내 솔직한 감상이다.

물론 나와 편집자님의 집이 가깝다는 점도 무시무시한 우연이다.

하지만 편집자님의 단골 카페가 스즈네의 변태 표명 가게였다니, 천문학적 확률이 아닌가.

어쩐지 무서운데.

하지만 뭐 우연은 우연이다. 복권 당첨은 터무니없이 낮은 확률이지만, 그 터무니없이 낮은 확률로 당첨되는 사람이 매번 나오지 않는가.

나에게도 그런 엄청난 우연이 일어날 수 있다.

하지만 묘하게 가슴이 술렁이는 이유는 뭘까.

아니, 어쩌다 터무니없는 행운을 뽑았을 뿐이겠지.

그렇게 나는 자신을 타이르며 술렁이는 가슴을 필사적으로 억눌렀다.

일단은 가게에 들어가자.

스마트폰을 주머니에 넣고는 가게 문으로 천천히 손을 뻗었다.

딸랑딸랑.

문에 걸린 종소리가 가게 안에 울려 퍼짐과 동시에, 내 시선에 복고풍 분위기의 광경이 펼쳐졌다.

그립다.
어쩐지 고작 한 달쯤 전에 있었던 일인데 무척이나 그리운 기분이 든다.
반대로 말하자면 요 한 달 동안에 너무나 다양한 일이 일어났다고 할까…….
그렇게 감개무량해하면서도 가게 안을 둘러보았다.
아무래도 오늘은 한산한 모양이라 가게 안에는 거의 인적이 없었다. 가게 안쪽을 보자, 테이블석에 정장 차림을 한 스즈네 어머니가 혼자 앉아 있을 뿐이었다.
…………아니, 왜 스즈네 어머니가 앉아 있지?
"아, 코노논 구~운!!"
그러자 거기에서 테이블석에 있던 스즈네 어머니가 나를 알아채고서 일어섰다. 그녀는 손을 흔들면서 당연하다는 듯이 이쪽으로 다가왔다.
……가슴의 술렁임이 아까보다 커졌다.
"아, 안녕하세요. 우연이네요."
예의상 하는 인사 같은 대답을 하자, 곁으로 다가오던 스즈네 어머니가 당연하다는 듯이 나를 끌어안았다.
아아, 가까워, 가까워. 그리고 무척 좋은 냄새가 난다.
"코노논 군, 보고 싶었어~."
마치 여기가 자기 집인 양 찰싹 달라붙는 스즈네 어머니.
"어, 어머님, 주위의 눈이……."

"괜찮아. 손님은 우리뿐이니까."

아니, 마스터가 있잖아요.

카운터에서 찻잔을 닦던 마스터가 무언가 귀신 같은 형상으로 나를 째려보고 있다.

무서워라.

아무래도 우리의 행동은 이 복고풍 분위기에 어울리지 않는 모양이다.

하지만 마스터, 잘못한 건 내가 아니라 스즈네 어머니인데 왜 날 노려봅니까.

그러나 그런 내 사정 따위는 알 리 없으므로, 마스터는 명백히 나를 노려보았다.

"어머?"

그런데 아무래도 스즈네 어머니는 등에도 눈이 달렸는지, 마스터의 시선을 깨닫고 뒤를 돌아보았다.

"준, 혹시 질투해?"

아무래도 그녀는 마스터를 준이라고 부르는 모양이다.

아니, 그런 건 지금 아무래도 좋다. 그보다도 스즈네 어머니는 준이 분노하는 이유를 깨닫지 못했는지 빗나간 말을 입에 담았다.

스즈네 어머니, 이러시면 곤란해요.

최악의 경우에는 출입 금지를 당할지도 모른다.

내가 마른침을 삼키며 마스터를 바라보고 있노라니, 문득 마스터는 뺨을 붉히며 고개를 돌렸다.

거짓말이지, 이봐…….

아무래도 준도 이쪽 인간이었나 보다.

나는 알고 싶지도 않은 준의 성벽을 알고서 기겁했지만, 문득 본래의 목적을 떠올렸다.

그렇다. 나는 스즈네 어머니와 알콩달콩하기 위해서 여기에 온 것은 아니었다.

스즈네 어머니가 내 몸을 해방해 줌과 동시에 다시 가게 안을 둘러보았다.

하지만 역시 가게 안에는 변태 세 사람밖에 없었다.

아무래도 내 담당 편집자님은 아직 도착하지 않은 모양이다.

하지만 이상하다.

시각은 약속 시간으로부터 2분 정도 지났다. 딱히 나는 시간에 엄격하지는 않지만, 사회인이라는 존재는 도착이 늦어질 것 같은 때 사전에 연락하는 게 보통이라고 들었던 것 같다.

하지만 스마트폰 화면을 확인해 봐도, 편집자님에게서 온 그럴 듯한 통지는 없다.

그렇다면 내가 가게를 잘못 찾아온 것인가?

아니, 하지만 지도는 몇 번이고 확인했고, 가게 이름도 『순카페 준』으로 틀림없었던 것 같다.

그 사실을 머릿속에서 정리하고 있노라니, 터무니없는 가능성이 내 뇌리를 스쳐 지나갔다.

하지만 나는 당황해서 그 가능성을 불식시키고 스즈네 어머니를 보았다.

"저기, 어머님?"

"어머, 어머님이라니, 딱딱하게 부르지 마. 엄마라고 부르든지, 스즈하라고 그냥 이름을 불러."

"왜 그 두 선택지뿐인가요."

아니, 지금 호칭은 아무래도 좋다.

"어머님은 이런 곳에서 뭘 하시는 겁니까?"

우선 자신의 뇌리에 떠오른 최악의 가능성을 불식시키는 것부터 시작하기로 했다.

"그런 건 뻔하잖아. 너무 좋아하는 코노논 군과 만나기 위해서지."

"아니, 그런 농담을 제쳐놓고, 진정한 목적을 들려주실 수 있나요?"

가슴이 엄청나게 술렁이는데.

그런 내 말을 듣고 스즈네 어머니는 일부러 그러는 듯이 뺨을 부풀렸다.

"농담이 아니야. 엄마는 귀여운 코노논 군을 만나고 싶어서 여기까지 왔어."

"또 그런 농담을……."

"정말이야. 오늘은 엄마랑 코노논 군의 첫 미팅 날이잖아?"

OH…… NO…….

거짓말이지? 거짓말이라고 해줘.

아니, 난 아직 현실을 인정할 마음이 없다고.

"미팅이라니, 무슨 얘기인가요?"

"아, 잠깐만 기다려 줘."

스즈네 어머니는 그렇게 말하더니, 문득 자기 정장 치마를 살짝 들쳐 올렸다.

아니, 대체 왜……?

그리고 겉으로 드러난 농염한 넓적다리로 시선을 떨어뜨리자, 그녀의 오른쪽 넓적다리에 검은 가터 링이 감겨 있다는 것을 깨달았다.

음, 야하다.

아무래도 야하다고 생각한 건 준도 마찬가지였던 모양이라, 그는 눈을 크게 뜨고 스즈네 어머니의 넓적다리를 응시하고 있었다.

"으엇?!"

뭘 소리를 흘리고 있어. 댁은 성실하게 일이나 해.

그렇게 생각하면서도 나 또한 스즈네 어머니의 넓적다리를 응시하고 있노라니, 그녀의 가터 링에는 무언가 카드 같은 것이 꽂혀 있다는 사실을 깨달았다.

그녀는 그 카드를 빼내더니 내 쪽으로 내밀었다.

"코노논 군, 이게 엄마가 하는 일이야."

아무래도 그건 명함이었던 모양이다.

스즈네 어머니 때문에 미지근해진 명함으로 눈길을 떨어뜨렸다.

『비너스 문고 편집 미나즈키 스즈하』

명함에는 그렇게 적혀 있었다.

아, 역시…….

거기에서 나는 강제적으로 현실을 직시하게 되었다.

아무래도 나와 메일을 주고받았던 편집자님은 스즈네 어머니였던 모양이다.

"코노논 선생님, 보고 싶었어~."

스즈네 어머니는 그렇게 말하며 나를 다시 끌어안았다.

대체 왜냐고……. 왜 움직이면 움직일수록 미나즈키가와의 인연이 깊어져 가는 건데. 나는 그저 쓰고 있던 소설을 서적으로 내고 싶었을 뿐이라고. 그런 나를 미나즈키가가 블랙홀처럼 강력하게 빨아들여 간다.

"코노논 선생님. 앞으로 둘이 힘을 합쳐, 야한 소설을 만들어 나가자."

"…………네."

그렇게 해서 나는 스즈네 어머니에게 이끌려 안쪽 테이블로 연행되었다.

내가 걸터앉은 곳은 4인용 테이블이었다. 하지만 스즈네 어머니는 정면 자리가 아니라, 당연하다는 듯이 내 옆에 걸터앉았다.

나, 편집자님과의 미팅은 처음인데, 미팅은 보통 이런 걸까……?

그것도 모자라서 스즈네 어머니는 옆에 앉기만 한 것으로 만족 못 하고, 일부러 한번 엉덩이를 떼고서 나에게 밀착하듯이 고쳐

앉았다. 그 결과, 스즈네 어머니의 커다란 가슴이 내 위팔을 압박했다.

부드럽다.

"저기, 어머님?"

"뭔~데?"

"제가 연락을 취했던 편집자님은 미나가와 씨라는 사람이었는데요?"

그렇다. 내 기억이 올바르다면 서적화 타진을 받고 나서 계속 미나가와 씨라는 편집자님과 연락을 취했을 것이다.

그렇기에 설마 내 담당 편집자가 스즈네 어머니라고는 생각도 하지 못한 것이었다.

그런 내 의문에 스즈네 어머니는 "미안해. 이름을 잘못 쳤나 봐"라며 훤히 보이는 거짓말을 하고서 혀를 내밀었다.

아니, 귀엽긴 하지만…….

아무래도 정체가 자신이라는 사실을 들켜서 경계 받지 않게끔 손을 쓴 모양이다.

"뭐, 그런 건 아무래도 좋잖아? 그보다도 앞으로 코노논 군의 소설이 어떻게 될지에 대해서 얘기하자."

그렇게 해서 화려하게 내 추궁을 피하며, 스즈네 어머니가 본론을 입에 담았다.

뭐, 확실히 우리는 미팅하기 위해서 여기에 왔다.

스즈네 어머니가 담당 편집자였다는 것에는 조금…… 아니, 상당히 놀랐지만, 여기에서 내가 아우성쳐봤자 어떻게 해결될 문제는 아니다.

스즈네 어머니도 프로 편집자다. 업무와 사생활을 구별해서 생각할 터이다.

"코노논 군, 자, 아~앙."

스즈네 어머니는 주문했던 안미츠를 숟가락으로 뜨더니 다짜고짜 내 입으로 찔러 넣었다. 그리고 당연하다는 듯이 입 안으로 숟가락을 빙글, 돌리고는 키득키득 장난스러운 웃음을 띠며 동요하는 나를 바라보았다.

유전자는 참 대단하군.

아무래도 스즈네 어머니에게는 업무와 사생활을 구분한다는 개념이 없는 모양이다.

스즈네 어머니는 그 후로도 몇 입인가 나에게 안미츠를 먹여준 뒤, 만족한 듯이 숟가락을 종이 냅킨 위에 놓았다.

"코노논 군, 웹에 올린 연재는 전부 읽어봤어. 코노논 군의 소설은 특히 변태성에 뛰어나네. 그야말로 비너스 문고에서 출판하기에 딱 맞는 작품이라고 생각해."

"고, 고맙습니다."

"코노논 군의 작품은 편집장도 무척이나 마음에 든 모양이라서, 조만간 코노논 군을 비너스 문고의 간판 작가로 만들고 싶다고 벼르고 있어."

"제 소설은 그렇게나 높게 평가받고 있나요?"

스즈네 어머니는 고개를 끄덕 주억였다.

"그러니 둘이 같이 어른부터 아이까지 즐길 수 있는 최고의 걸작을 만들자."

"아니, 그건 아무리 발버둥 쳐도 불가능한데요."

아이는 안 되잖아. 뭐, 어쨌든 간에 스즈네 어머니가 내 작품을 기대해 주는 건 기쁜 일이다.

립서비스일지도 모르지만 프로 편집자님이나 편집장님이 높게 평가해 줘서 나도 모르게 웃음이 절로 나고 만다.

하지만 기쁨도 잠시, 스즈네 어머니는 조금 쓸쓸하게 눈썹을 팔자로 만들었다.

"하지만…… 그건 어디까지나 웹소설로서의 평가야."

"책일 때는 다르단 뜻인가요?"

"응. 분명 코노논 군의 소설은 멋지다고 생각하지만, 이대로 출판할 수는 없어."

"서적화에 맞춰 개선할 필요가 있다는 거군요."

"어머, 코노논 군은 이해가 빠르네. 장하다, 장해."

내 머리를 쓰다듬어 주었다.

아무래도 스즈네 어머니는 칭찬해서 키우는 타입의 편집자인 모양이다.

나에게는 이번이 처음이기는 하지만, 서적으로 낼 때 스토리를 변경하는 일은 드물지 않다는 것은 풍문으로 들은 적이 있다.

그래서 나도 그대로 출판할 수 있으리라고 생각지 않았고, 어느 정도 각오는 하고 있었기에 그렇게까지 놀라지 않았다.
"그래서 구체적으로 저는 뭘 하면 되나요?"
"코노논 군은 플롯을 만들어 줬으면 좋겠어."
"그렇군요."
플롯이란 이른바 소설의 설계도를 가리킨다. 이 플롯을 만들어 두면 소설이 어떻게 진행되어 가는지 일목요연해지기 때문에, 나와 스즈네 어머니 사이에서 작품의 방향성을 공유할 수 있는 것이다.
"코노논 군의 작품은 확실히 멋져. 하지만 코노논 군의 재능이 있으면 훨씬 더 재미있어 질 거야. 그러니까 서적화에 맞춰서 새롭게 플롯을 고쳐 쓰고 싶어."
"구체적으로 어떻게 고치면 되나요?"
스즈네 어머니의 지적은 지당하다고 생각한다. 하지만 그녀의 말은 다소 막연해서, 구체적으로 무엇을 어떻게 하면 더 좋은 작품이 되는지 알기 어려웠다.
"배덕감이야."
그런 내 의문에 스즈네 어머니는 명확하게 대답했다.
"배덕감이라고요?"
"코노논 군의 작품은 좀 더 독자의 배덕감을 부추기는 쪽이 좋을 거야."
"그, 그렇군요……."
그렇게 답해보기는 했지만, 그다지 이미지가 샘솟지 않는다.

고개를 갸웃거리고 있노라니, 스즈네 어머니는 나에게 고개를 들이밀고서 무언가 장난스러운 웃음을 띠었다.

"코노논 군."

"네?"

"코노논 군은 세 가지 배덕감을 표현해 줬으면 좋겠어."

"배덕감이라니요……?"

"지금부터 코노논 군에게 자세하게 설명해 줄게."

잘 모르겠지만 불길한 예감이 든다. 내 마음속에서 무언가가 경종을 울리고 있었다.

"우선 첫 번째 배덕감, 이건 성적으로 봐서는 안 되는 사람을 성적으로 보는 배덕감."

그렇게 해서 스즈네 어머니의 변태 계발 세미나가 시작되었다.

"코노논 군은 이를테면 미유키를 야한 눈으로 보는 것에 죄책감을 느끼겠지?"

"그렇죠."

"그래, 피가 이어진 남매인걸. 당연한 이야기야. 평범한 남매는 결코 서로를 야한 눈으로 볼 수 없고, 그런 생각을 하는 건 죄가 무거운 일이야. 그렇지?"

그렇지. 몹시 당연한 이야기다.

그런데 스즈네 어머니, 댁네 아들은요?

저도 모르게 그런 태클을 넣을 뻔했지만, 여기에서 말허리를 자를 수는 없으니 입을 다물기로 했다.

이래저래 태클 걸고 싶은 것을 목구멍으로 삼키면서 이야기를 듣고 있노라니, 스즈네 어머니는 느닷없이 내 몸을 꼬옥 끌어안았다.

아니, 대체 왜?

"코노논 구~운!!"

"왜 그러시나요? 발작인가요?"

스즈네 어머니는 내 질문에 답하지 않았다. 내 얼굴을 자기 가슴에 밀어붙이더니 "코노논 군 착하다, 착해"라고 말하며 머리를 쓰다듬어 온다.

음, 무척이나 부드러워.

뺨에 닿는 스즈네 어머니의 폭신폭신한 무언가를 느끼고 있노라니, 그녀는 내 팔을 붙잡고서 내 손으로 자기 허벅지 부근을 만지게 했다.

"어, 어머님, 장난이 좀……."

나이가 느껴지지 않는 매끈매끈한 피부의 감촉. 하지만 스즈네 어머니는 그것만으로는 만족하지 않고, 내 손을 치마 속으로 이끌어갔다.

"자, 잠깐, 그건 곤란해요."

역시나 과격한 스즈네 어머니의 행동에 동요하고 있노라니, 그녀는 대담한 웃음을 히죽 띠며 나에게 얼굴을 가져다 댔다.

"코노논 군, 엄마를 왜 그렇게 야한 눈으로 보는 거니?"

"아뇨, 그렇지는 않은데……."

곤란하다. 대체 내 몸에 무슨 일이 일어나는지 모르겠지만, 어쨌거나 위험하다.

손에 느껴지는 스즈네 어머니의 따스한 넓적다리와 치맛자락의 감촉.

정신이 나가 버릴 것 같아.

울음을 터뜨릴 것 같은 마음으로 스즈네 어머니를 마주 보자, 그녀는 내 귓가에 입술을 가져다 댔다.

"이게 첫 번째 배덕감이야. 엄마를 결코 야한 눈으로 봐서는 안 돼."

"이, 일부러 실연하지 않으셔도 괜찮습니다만……."

아무래도 스즈네 어머니는 머리가 아니라, 몸으로 배우게 하는 타입인가 보다.

남매나 부모 · 자식은 물론이고 교사와 학생 등, 이 세상에는 본래 성적인 눈으로 서로를 봐서는 안 되는 관계라는 것이 존재한다.

그 윤리적으로 성적인 눈으로 봐서는 안 되는 상대에게 성적인 흥분을 느꼈을 때, 사람은 배덕적인 감정이 동한다.

아무래도 이게 첫 번째 배덕감인 모양이다.

그러면 이걸 두 번 더 해야하는 건가?

스즈네 어머니, 저는 이제 배불러서 위경련이 일어날 것 같아요.

하지만 스즈네 어머니의 강의는 끝나지 않았다.

"있잖아, 코노논 군……."

"네, 네, 뭔가요?"
"스즈네 같은 애보다도 내가 더 섹시한 것 같지 않니?"
"어, 어머님, 무슨 말씀을……."
"나는 아줌마지만 경험은 잔뜩 있는데? 어린 코노논이 어떤 일을 당하면 기쁜지 아니까, 코노논 군의 혼을 쏙 빼놓고 싶네~."
그렇게 말하며 그녀는 내 귓불을 살짝 깨물었다.
스즈네 어머니의 이가 닿는 감촉과 찐득한 입술이 닿는 감촉에 저도 모르게 몸을 떨었다.
"아, 그건 곤란해요……."
"코노논 군, 스즈네에 대해서는 잊고 나랑 즐거운 일을 잔뜩 하자."
"아니, 그건 좀……."
"뭐 어때? 조금쯤 불장난을 해도 스즈네한테는 안 들켜."
"그런 문제가 아니라요……."
우선 무엇보다 여기는 카페라고요.
뭐 믿고 의지할 마스터 준이 변태라는 걸 들킨 시점에서 이 변명은 통하지 않을지도 모르겠지만.
점점 수위가 높아져 가는 스즈네 어머니의 유혹에 무엇을 어떻게 하면 좋을지 모른 채 경직해 있노라니, 스즈네 어머니는 내 귀에서 입술을 떼고서 속삭였다.
"이게 두 번째 배덕감이야."
아무래도 페이즈가 이행한 모양이다.

"두 번째는 좋아하는 사람을 배신하고 다른 사람과 친밀해지는 배덕감. 코노논 군에게는 스즈네가 있는데, 지금 엄마랑 같이 그 애를 배신하는 것 같은 행동을 하고 있지?"

하고 있다고 할까, 당하고 있다고 할까…….

하지만 슬프게도 스즈네 어머니가 말하고자 하는 바는 이해할 수 있었다.

배신해서는 안 되는 상대를 배신하는 것은 더할 나위 없는 배덕감을 사람에게 품게 한다.

이것이 두 번째.

스즈네 어머니는 두 번째 배덕감을 나에게 새겨 넣은 차에, 갑자기 나에게서 몸을 떨어뜨렸다.

그리고 내 어깨를 양손으로 붙잡더니 "몸을 좀 저쪽으로 돌려줘"라고 말하며 내 몸을 카운터에 있는 마스터 쪽으로 향하게 만들었다.

거기에서 깨달았다.

준이 무지막지 질투하고 있어!

준은 당장에라도 울음을 터뜨릴 것 같은 눈으로 나를 바라보며, 떨리는 손으로 컵을 닦고 있었다.

그때 등 뒤에 부드러운 무언가를 느꼈다. 그 직후, 나는 등 뒤에서 스즈네 어머니에게 꼬옥 끌어안겼고, 그녀는 내 어깨에 자기 턱을 얹었다.

그녀의 머리카락이 살짝 뺨에 닿아서 간지럽다.

그런데 스즈네 어머니는 대체 무엇을 갑자기 시작할 생각일까?

"준."

스즈네 어머니는 마스터를 불렀다.

이름을 불린 준은 뺨이 새빨개졌다.

"준, 코노논 군이 부러워?"

그런 스즈네 어머니의 물음에 준은 아무런 대답을 하지 못했다.

"코노논 군, 이게 세 번째 배덕감이야."

"무슨 말씀을 하시는지 도통……."

"키득키득, 사실은 알고 있으면서. 하지만 나는 다정하니까 정성스럽게 가르쳐줄게. 세 번째 배덕감은 누군가의 소중한 사람을 빼앗는 배덕감이야."

그렇게 말하며 내 몸을 더 강하게 끌어안았다.

"지금, 코노논 군은 준에게서 엄마를 빼앗았어. 이건 무척 배덕적이잖아?"

스즈네 어머니가 말하고 싶어 하는 것이 뭔지 이해한다.

즉 이건 네토리이다. 누군가에게서 누군가를 빼앗는 행위, 이게 NTR물의 진면목인 것이다.

하지만 스즈네 어머니. 준은 딱히 스즈네 어머니의 남편이 아니잖아요.

이 남자는 단순히 스즈네 어머니에게 열을 올리는 단순한 변태 마스터다.

하지만 준 쪽은 빼앗긴 마음이 만만인 모양이라서, 저도 모르게 손으로 입가를 덮더니 현실을 받아들일 수 없다는 양 고개를 옆으로 내저었다.

아니, 딱히 댁의 아내가 아니잖아…….

애당초 전제 조건이 틀린 것 같은 느낌이 들지 않는 것도 아니지만, 너무나 슬퍼 보이는 준의 모습에 내 가슴이 아주 살짝 아프다.

"어, 어머님, 이런 건 좋지 않은 게……."

준이 애처로워져서 스즈네 어머니를 타일렀지만, 그녀는 나를 계속 끌어안았다.

"왜 좋지 않다고 생각해? 준은 무척이나 기뻐 보이는 표정을 짓고 있잖아."

"전혀 기뻐 보이지는 않는데요."

"준, 나, 그만두는 편이 좋을까?"

스즈네 어머니는 준에게 물었다.

그러자 그는 격렬하게 고개를 옆으로 내저었다.

OH…… NO…….

아무래도 준은 내 예상을 아득히 웃도는 변태님이었던 모양이다. 나는 멋대로 불쌍하게 생각했지만, 아무래도 준은 기뻐했던 모양이다.

"계, 계속해 줘……."

계속하기는 뭘.

하지만 그런 준의 바람도 허무하게 스즈네 어머니는 나에게서 몸을 떼더니, 내 몸을 자신 쪽으로 돌렸다.

"코노논 군, 세 가지 배덕감에 대해서 이해했어?"

"네, 지겨울 만큼요."

"어머, 그건 잘됐네. 앞으로 코노논 군은 이 세 가지 배덕감을 의식해서 플롯을 보다 더 변태틱하게 완성해 줬으면 좋겠어."

"……상당히 어려운 숙제네요."

"그럴까? 코노논 군에게는 스즈네라는 강력한 도우미가 있잖아."

자기 딸을 관능 소설의 모델로 쓰라고 조언하는 것이 윤리적으로 어떤지는 별개로 치고, 분명 나에게는 최강의 도우미가 있는 것은 확실하다.

"코노논 군에게는 있지, 스즈네가 여동생으로서 가진 귀여움을 좀 더 표현해 줬으면 좋겠어."

"여동생으로서 말인가요?"

"스즈네는 지금 원고에서도 충분히 귀엽지만, 그건 어디까지나 코노논 군의 연인으로서의 이야기야. 스즈네가 여동생으로서 가진 귀여움을 표현할 수 있다면, 분명 좀 더 배덕적인 원고가 될 거야."

"스즈네가 여동생으로서 가진 귀여움……."

솔직히 말하자면, 나로서는 스즈네를 여동생으로서 귀엽게 쓰면 배덕적이 된다는 의미를 모르겠다.

고개를 갸웃거리는 나에게 스즈네 어머니는 "정말~, 지금 막

공부했잖아?"라고 말하며 내 뺨을 쿡쿡 찌른다.

"코노논 군의 소설은 『친구의 여동생을 NTR』이지? 친구의 귀엽디귀여운 여동생을 NTR하는 쪽이 더 배덕적인 마음이 들겠지?"

"그렇군요."

이렇게나…… 이렇게나 정신 나간 변태적인 대화를 하고 있는데, 스즈네 어머니의 지적이 적확한 것이 어쩐지 분하다.

확실히 그렇다.

친구에게 히로인이 귀여운 여동생일수록, 그런 여동생을 빼앗았을 때 느끼는 주인공의 배덕감은 한층 더할 것이다.

아니, 내가 무슨 말을 하는 거지……?

하지만 스즈네 어머니가 해준 조언의 의미는 이해했다.

"그러니까 코노논 군은 앞으로 스즈네를 진짜 여동생이라고 생각하고 잔뜩 귀여워해 줘."

그렇다고 한다.

스즈네 어머니는 내 양손을 부드럽게 감싸 쥐듯이 만졌다.

"코노논 군. 코노논 군에게 스즈네가 진짜 귀여운 여동생으로 보였을 때, 새로운 길이 열릴 테니 힘내."

그 길, 정말로 열어도 괜찮은 건가요?

몹시 의문스러웠지만, 다 소설을 위해서다.

나는 스즈네 어머니에게서 시선을 피하고 나서 "알겠습니다"라고 작게 대답했다.

※ ※ ※

정보량이 너무 많다.

난생처음으로 한 업무 미팅인데, 정보가 많아서 이해가 따라가지 못하는 것 같다.

내 담당 편집자가 스즈네 어머니이고, 카페 마스터가 변태였고, 마지막에는 스즈네 어머니에게 끌어안기고, 그 뒤에는 어떻게 됐더라?

쓸데없는 정보가 너무 많아서 중요한 미팅 내용이 하나도 떠오르지 않는다.

남들은 어떤지 모르지만, 소설가의 미팅은 보통 이런 걸까?

다음 날 방과 후.

나는 어제 미팅 내용을 떠올리면서 학교 복도를 걸었다.

저녁놀로 물든 운동장에서 청춘을 구가하는 야구부나 축구부는 거들떠보지도 않고 내 발길은 곧장 도서실로 향했다.

복도 막다른 곳에 있는 도서실 문을 열자, 곰팡내가 감도는 한적한 공간이 나를 맞이했다.

음, 여전히 인적이 없군.

내가 도서실에 찾아온 이유는 오늘 도서실 당번이 스즈네이기 때문이다.

도서실에 들어와서 주위를 둘러보자, 카운터에 앉아서 문고본을 읽는 스즈네의 모습을 발견했다.

"어, 어머. 이거 대단해……."

아무래도 관능 소설을 읽는 중인가 보다.

스즈네는 카운터 의자에 앉아서 몸을 비틀어대고 있었다. 책에 푹 빠져서 내가 온 것도 깨닫지 못했다.

다른 학생이 변태 모드의 스즈네를 보면 큰일이니, 슬슬 현실로 데려와야 한다.

"스즈네 양?"

"어? 와, 와앗?!"

말을 걸자 스즈네는 놀란 듯이 어깨를 흠칫거리며 변태 메르헨 세계에서 현실 세계로 돌아왔다. 하지만 무방비한 모습을 내게 보인 것이 부끄러웠는지, 그녀는 뺨을 새빨갛게 물들이며 책으로 얼굴을 가렸다.

오늘도 귀엽네.

스즈네는 이내 책에서 눈만 슬쩍 내밀어 시선을 나에게 향했다.

"오, 오빠. 와 있었구나."

"미안, 놀라게 했나 보네."

"아니야. 나야말로, 바로 오빠를 알아채지 못해서 미안해."

말을 나누는 나와 스즈네.

그런데…… 스즈네가 당연하다는 듯이 나를 오빠라고 부르며 반말로 얘기한다.

반말로 얘기하는 건 딱히 상관없지만, 왜 나를 오빠라고 부르는 거지?

"그런데 스즈네, 방금 나를 오빠라고 하지 않았어?"

"응, 스즈네는 오빠의 여동생이니까 편하게 불러줘."

"아니, 그게 무슨……."

스즈네의 마음속에서 무언가 시작된 모양인데, 머리가 나쁜 나는 의도를 이해할 수가 없었다.

고개를 갸웃거리고 있노라니, 스즈네가 살짝 웃음을 띠었다.

"엄마에게서 들었어요."

"뭐를?"

"선배는 앞으로 저를 여동생이라고 생각하며 귀여워해 줄 거라고요."

"……어쩐지 정보가 무척 단락적으로 전달 된 것 같네."

아마도 스즈네는 어제 미팅에서 얘기했던 플롯에 대해서 말하는 것이리라.

실은 오늘 아침엔 내가 당번이라서 평소보다 이른 시간에 등교했기 때문에, 미팅 후 스즈네와 만나는 것은 처음이다.

그래서 스즈네에게는 아직 미팅 얘기를 하지 않았지만, 스즈네 어머니를 통해 이미 설명을 들었던 모양이다.

상당히 왜곡되어 전해진 모양이지만.

"앞으로 플롯이 완성될 때까지 저를 여동생이라고 생각하고 대해주세요. 저도 선배가 귀엽다고 생각할 수 있는 여동생이 될 수 있도록 노력할게요."

그렇다고 한다.

하지만 확실히 플롯을 만들려면 나는 앞으로 스즈네가 가진 여동생으로서의 귀여움을 표현해야만 한다. 그런 스즈네의 제안은 나에게 고맙기 그지없다.

그런 생각을 하노라니 스즈네의 뺨이 또 순식간에 붉어지기 시작했다.

"선배, 앞으로는 저를 여동생이라 생각하고 친밀하게 불러주세요."

"그건 좀……."

미유키 말고 다른 여성을 친밀하게 부른 적이 없는 나에게는 몹시 어려운 부탁이다만?

"그럼 연습해 봐요."

"어떻게?"

스즈네는 카운터에서 몸을 내밀더니 나에게 얼굴을 가져다 댔다.

너무 가까운데.

"앞으로는 제가 선배를 오빠라고 부를 테니, 선배는 저를 친밀하게 불러주세요."

"으음, 노력해 볼게……."

솔직히 말하자면 상당히 부끄럽다.

하지만 나는 프로 작가가 된 것이다. 이 상황에서는 부끄러움을 참고서 할 수밖에 없다.

그렇게 해서 나와 스즈네 카운터 너머로 얼굴을 가까이했지만, 스즈네도 이러쿵저러쿵해도 부끄러운 듯이 뺨을 붉게 물들인 상태이다.

하지만 그래도 내 소설을 위해서 용기를 쥐어 짜냈다.

"오, 오빠……."

으어어어어어어어어어어어엇!!

파괴력이 장난 아니야!!

이 귀여운 생물은 뭐냐!

막상 이렇게 가까이에서 "오빠"라는 호칭을 들으니, 스즈네의 매력이 통감된다. 쇼타가 시스콘이 될 만하다.

그렇게 스즈네의 저력에 아연해 있노라니, 그녀는 뾰로통하게 뺨을 부풀렸다.

"정말, 오빠도 스즈네를 친밀하게 불러야지."

귀여워.

다시 한번 말해두겠다.

무지막지 귀엽다.

새침데기 스즈네의 모습에 정신 세계가 붕괴할 뻔했지만, 어떻게든 스즈네와 마주 보았다.

"스, 스즈……네."

"오, 오빠?"

"스, 스즈네?"

"오빠!!"

"스즈네!!"

나는 호칭을 반복하면서 수치심을 불식시켰다.

이것 참 대단한데? 쇼타, 그동안 미안했다.

여태까지 스즈네 어머니에게 옹알이하고, 스즈네에게 이런 식으로 "오빠" 소리를 계속 들었다니. 그런 환경에 몸을 두고 있으면 누구라도 시스콘 & 마더콘이 될 수밖에 없다. 쇼타는 이상하지 않다. 오히려 이걸로 시스콘이나 마더콘이 되지 않는 쪽이 이상하다.

나는 쇼타의 마음을 진심으로 이해했다.

새삼스럽게 쇼타를 재평가하고 있으니 스즈네가 카운터에서 나왔다.

그리고 자연스럽게 내 손을 잡더니, "오빠에게 보여주고 싶은 게 있어……"라고 말하며 나를 도서관 안쪽으로 데려갔다.

나는 그녀에게 손을 잡힌 상태로 천장까지 우뚝 솟은 책장 앞으로 이끌렸다.

여, 여기는……!

책장에는 무수한 문고본이 꽂혀있었다. 책등에는 다양한 나라의 이름이나 문화, 식사 등이 제목으로 적혀있었다.

물론 전부 위장이다. 이곳은 사립 스즈네 변태 도서관이다.

그녀는 내 손을 놓고 "오빠, 잠깐 기다려" 하며 쭈그려 앉아서 무수한 책 중에서 몇 권을 뽑아내 내게 줬다.

"이건 무슨 책이야?"

"오빠의 소설에 참고가 될 만한 걸 골라봤어."

혹시 위장한 표지만 보아도 어느 관능 소설인지 아는 겁니까?

스즈네의 변태 투시술에 감탄하며 책을 확인해 보았다.

『여동생 옥션 ~돈으로 맺어진 흐트러진 남매~』

『여동생 스와핑』

『의붓여동생이 정부로 추락할 때까지』

와…….

건네받은 작품 전부가 여동생물 관능 소설이었다.

"오빠, 이런 작품을 읽고 싶으면 사양하지 말고 스즈네한테 말해. 바로 가져다줄 테니까."

"어, 어어……."

변태 소믈리에 덕분에 자료가 부족하지는 않을 것 같다.

스즈네에게 관능 소설을 적당히 골라 받은 나는, 여동생이란 무엇인가를 배우고자 독서에 힘썼다.

역시나 스즈네다. 그녀는 내 작품에 나오는 하루카의 마음을 진심으로 이해하고서 하루카란 캐릭터에 무엇이 부족한지를 내게 가르쳐주었다.

심지어 그녀는 작업 시간 절약을 위해, 내 소설에 참고가 될 부분에 미리 포스트잇까지 붙여놓았다. 덕분에 나도 효율적으로 자료를 흡수할 수 있었다.

건네받은 작품 중 하나가 히로인의 이름이 미유키였던 탓에 복잡한 기분이 들었지만, 그 이외는 완벽하게 흡수할 수 있을 것 같다.

그렇게 해서 한 시간 반쯤 관능 소설을 열중해서 읽었을까.

“저기 있잖아, 오빠.”

옆에서 관능 소설을 읽던 여동생 스즈네가 내 옷소매를 꽉꽉 잡아당겼다.

“왜 그래?”

“내가 고른 책, 참고가 될 것 같아?”

“물론이지. 그대로 배낄 수는 없지만, 어떻게 하면 귀여운 여동생을 묘사할 수 있을지 조금은 알 것 같아.”

나는 솔직하게 감사를 전했다.

그러자 스즈네는 어째서인지 뺨을 붉게 물들이며 고개를 갸웃거렸다.

“오빠를 위해 책을 골랐어. 나, 기특해?”

응?

“당연하지. 고마워.”

“오빠, 나 기특해?”

이건 어떤 흐름이지?

아직 여동생학에 관해 이해가 부족한 나로서는 스즈네가 뭘 말하고 싶은지 알 수가 없었다.

내가 멍하니 입을 벌리자, 나에게 스즈네는 얼굴을 가까이 들이밀었다.

가까운데. 그리고 귀엽다.
"스즈네, 왜 그래? 발작이야?"
"오빠, 나, 오빠를 위해서 힘냈어. 그러니까 칭찬해 줘."
"으음, 기특하구나."
"내 머리를 쓰담쓰담 하며 '스즈네는 기특한 아이구나'라고 말해줘."
그렇구나. 이제 알겠다.
아무래도 오빠는 여동생이 무언가 기특한 일을 하면, 칭찬해야 하나 보다.
여태까지의 나는 주로 스즈네에게 쓰담쓰담을 받는 입장이었다. 히로인으로서 스즈네를 볼 때는 그래도 좋았을지 모르지만, 지금의 그녀는 여동생이다.
그리고 나에게 지금 부족한 점은 스즈네가 여동생으로서 가진 매력을 찾아내는 것이다.
오빠를 위해서 애쓰는 여동생을 칭찬하는 건, 여동생 스즈네의 매력을 끌어내는 일로 이어진다.
항상 나보다 한 걸음도 두 걸음도 앞을 가는 스즈네에게 감탄하고 있노라니, 스즈네가 "오빠, 빨리 쓰담쓰담 해줘"라고 말하며 살짝 몸을 비틀었다.
파괴력이 장난 아닌데요!
나는 절실히 통감했다.
내가 그동안 스즈네가 여동생으로서 가진 매력을 얼마나 놓치고 살아왔는가를.

여동생이 열심히 오빠를 위해서 노력해, 부끄러워하면서 그 상을 바라며 기다리고 있다.

참으로 갸륵하지 않은가.

파괴력 만점인 여동생의 말에 내 손은 자연스럽게 그녀의 귀여운 머리로 뻗어갔다.

"스즈네는 기특한 애구나. 착하다, 착해."

그렇게 말하며 헝클헝클 여동생의 머리를 쓰다듬어 주었다.

스즈네는 부끄러운 듯이 몸을 비틀었다.

"오, 오빠, 간지럽다니까. 게다가 난 이제 고등학생이라고. 그런 식으로 칭찬받으면 부끄럽다니까……."

손바닥에 느껴지는 찰랑찰랑한 스즈네의 머리카락 감촉과 귀여운 웃음소리에 죽을 뻔했다.

쇼타, 오늘부터 나도 네 동료다.

시스콘에 물들어가는 자신의 성벽을 느끼며, 욕망을 억누르지 못한 채 계속 스즈네의 머리를 계속해서 쓰다듬었다.

내가 만족한 참에 머리에서 손을 떼자, 그녀는 바닥에 놓인 가방을 손에 잡고서 안을 뒤적이기 시작했다.

"저기 오빠, 실은 오빠에게 부탁이 있어."

"무슨 부탁?"

"그…… 수학에서 도저히 못 푸는 문제가 있어."

그녀는 가방에서 문제집을 꺼내 들더니, 그것을 자기 가슴에 끌어안았다.

그, 그렇군. 이게 바로 여동생의 진면목인가.

여동생이 무언가 오빠를 위해서 행동을 일으킬 때, 거기에는 반드시 무언가의 보답이 존재한다.

이렇게 오빠의 기분을 좋게 만들어, 타이밍 좋게 조르는 것이다. 그리고 스즈네는 그 사실을 완벽하게 이해하고 있다.

스즈네, 어째서 넌 이렇게까지 완벽한 여동생인 거냐.

물론 그런 갸륵한 여동생의 조르기를 거절할 오빠는 없다.

내가 "물론이지"라고 두말하지 않고 대답하자, 그녀는 문제집을 펼쳐서 어느 문제를 손가락으로 가리켜 보였다.

어디 보자…….

스즈네가 손가락으로 가리킨 문제를 확인했다.

음, 전혀 모르겠는데.

아무래도 나에게는 스즈네의 힘이 될 만한 학력이 없는 모양이다.

자신의 무능함을 통감하며 스즈네를 바라보자, 그녀는 "오빠, 이 문제 푸는 법을 가르쳐줘……"라고 여전히 조르면서 내 주머니에 무언가를 밀어 넣었다.

뭐야?

넌지시 밀어 넣은 물건을 빼내자, 작은 메모 용지가 나왔다.

종이에는 수학 공식이 적혀 있었다.

과연, 이 문제에는 이 공식을 쓰는 건가.

아무래도 내가 문제를 풀 수 없다는 걸 처음부터 염두에 뒀던 모양이다.

차가운 현실에 살짝 서글픈 마음이 들었지만, 이로써 스즈네에게 공부를 가르칠 수 있다.

그렇게 해서 메모에 기대 스즈네에게 건네받은 펜으로 문제집 끄트머리에 공식을 적어 갔다.

그런 나에게 스즈네는 "와아~" 하고 감탄하듯이 나를 바라보았다.

"이, 이 공식을 쓰면 풀 수 있어?!"

"어어, 그래……."

나는 잘 모르지만.

아는 척하며 자랑스레 대답하자, 문득 스즈네가 내 귓가에서 "스즈네는 바보구나……"라고 속삭였다.

"어?"

"스즈네는 바보구나라고 말해주세요."

그런 거야?

"스, 스즈네는 바보구나……."

나는 그녀의 요망에 응해서 속삭였다.

그런 내 말을 듣고 그녀는 입술을 뾰족하게 삐죽였다.

"정말 오빠도 참, 또 스즈네를 바보 취급하고……."

오, 생각보다 귀여운데.

"하지만 오빠, 나는 이렇게 긴 공식은 외울 수 없어."

“이걸 외워야 시험 문제를 풀 수 있는데?”

내 말을 듣고 스즈네는 펜 케이스 지퍼를 열더니 안을 뒤적여서 무언가를 꺼냈다.

그녀가 꺼낸 건…… 붓이었다.

“스즈네, 이게 뭐야?”

“붓인데?”

“아니, 그건 보면 아는데…….”

그것은 스즈네의 말대로 붓이었다. 붓글씨 연습 같은 데 쓰는, 털끝이 부드러운 붓이다.

그 붓은 아직 먹물 동정인지 털끝이 새하얀 상태였다.

근데 이걸로 뭘 어쩌라고?

내가 멍하니 붓을 바라보고 있노라니, 스즈네는 붓을 꾹 움켜쥔 채 나에게서 얼굴을 돌렸다.

“이 붓으로 내 몸에 공식을 적어줬으면 좋겠어…….”

어이쿠, 또 그런 장난을…….

“오빠가 내 몸에 공식을 적어주면, 나도 공식을 외울 수 있을 것 같은 느낌이 들어…….”

그렇게 말하며 테이블 위에 자기 손바닥을 놓았다.

아무래도 거기에 적으라는 뜻인가 보다.

“정말로 손에 적으면 외울 수 있어?”

“오빠가 야하게 써주면 외울 수 있을……지도 몰라.”

그런 애매한 대답으며 나는 스즈네에게서 붓을 받아 들었다.

귀여운 여동생이 바라는 것이다. 소설에 쓸 참고 자료도 골라 줬으니 이 정도 보답은 해줘도 되겠지.

그렇게 내 행동을 정당화하며, 붓끝을 스즈네의 손바닥에 얹었다.

"으응……."

그러자 그녀는 묘하게 야한 숨결과 함께 몸을 비틀었다.

"오, 오빠, 어쩐지 간지러워……."

"그러면 그만둘까?"

그녀는 고개를 옆으로 내저었다.

"이래야만 공식을 외울 수 있는걸? 참아야지……."

그렇다고 하니 나는 메모를 의지해서 공식을 써넣어 갔다.

붓을 움직일 때마다 스즈네는 몸을 꿈틀거리며 고통스러운 숨결을 흘렸다.

이게 무슨 변태 학습법이냐…….

배덕감으로 가득한 공부 방법이다. 솔직히 나는 이런 식으로 공식을 외울 자신이 없다.

그래도 귀여운 여동생이 바라는 이상, 여기에서 손을 멈출 수는 없다.

붓이 움직임에 따라서 뺨을 발그레 물들이는 스즈네의 모습에 정신이 나갈 것 같아지면서, 가까스로 공식을 다 쓰고는 붓을 테이블 위에 놓았다.

아아, 위험해. 이성이 날아갈 뻔했어.

손바닥을 괴롭힘당한 스즈네는 "하아…… 하아…… 이거 굉장해……"라고 말하며 호흡을 흐트러뜨리고 있다.

내가 아는 공부와는 전혀 다르다.

"어때, 공식은 외울 수 있었어?"

그런 물음에 스즈네는 아무런 대답도 못 한 채 거친 숨결을 반복하더니, 이내 호흡을 가다듬고 뺨을 새빨갛게 물들이며 나를 바라보았다.

"이것만으로는 외울 수 없을지도……."

농담이지?

스즈네는 이걸로도 만족할 수 없는 모양이다.

이런 야한 숨결을 흘려놓고도 아직 만족 못 한 스즈네는 일어서서 무언가 벽 근처까지 걸어갔다.

"스즈네?"

스즈네는 벽에 등을 대더니 블라우스 단추를 아래부터 순서대로 네 개쯤 풀고서 블라우스를 걷어 올렸다.

"저기, 스즈네?!"

그녀는 "오빠……"라고 중얼거리면서, 아래 가슴이 아슬아슬 보이지 않을 곳까지 블라우스를 걷더니 소매 부분을 묶었다.

"여기에도 적어줘."

배를 손가락으로 가리키는 스즈네.

"민감한 곳에 공식을 적으면 좀 더 외울 수 있을 것 같아."

"민감한 곳……?!"

"오빠, 나한테 몸으로 가르쳐줘……."

"스, 스즈네. 그런 곳에 적으라니, 부끄럽지 않아?"

"남매니까 부끄럽지 않아."

그리고 이렇게 홀리는 말을 했다.

그렇다. 나와 스즈네는 남매인 것이다.

남매라면 설령…… 설령 옆에서 보면 변태적이기만 한 행위도 변태성 따위는 끼어들지 않는 것이다.

남매이기에 다소의 스킨십 따위는 아무렇지 않고, 서로에게 야한 마음이 들지는 않는다.

정말로 그런가?

아니, 그럴 게 틀림없다!!

나는 붓을 손에 쥐고는 스즈네의 곁으로 다가가 그 자리에 무릎을 꿇었다.

"스즈네, 쓴다?"

"응……."

스즈네의 허가가 떨어졌다. 이제 그녀의 그 투명하게 비치는 것 같은 살결에 공식을 새겨 넣기만 하면 된다.

한 번 숨을 삼키고 나서, 천천히 붓끝을 그녀의 배꼽 위로 미끄러뜨렸다.

아무래도 상상 이상으로 붓끝의 움직임은 간지러웠던 모양이라, 스즈네는 저도 모르게 "오빠, 간지럽다니까"라고 말하며, 키득키득 웃으면서 몸을 비틀었다.

하지만 처음에는 웃고 있던 스즈네의 숨결은 서서히 거칠어져서 “으응……”이라고 또 음란한 숨결을 흘렸다.

그나저나 정말로 매끈매끈한 피부이다.

붓을 움직일 때마다 참을 수 없다는 양 붓에서 도망치듯이 몸을 떼려고 하지만, 그래도 금세 또 붓끝으로 돌아오는 배꼽.

부끄럽지만 그만두기를 바라지 않는다.

그녀의 배를 보고 있기만 해도 그 상반되는 마음이 역력하게 전해져 온다.

“이대로 가면, 우린, 남매가 아니게 되어 버릴 거야…….”

그렇게 중얼거리며 아랫입술을 깨무는 스즈네의 표정은 무척이나 충실함으로 가득 차 있었다.

“조, 좋아…… 다 썼다.”

10초쯤 걸려서 나는 가까스로 공식을 전부 적었다.

붓끝을 배꼽에서 떼자, 스즈네는 실이 끊어진 것처럼 추욱 바닥에 주저앉았다.

역시 이건 좀 강했지?

스즈네도 나를 놀릴 만한 여력은 남지 않은 모양이었다. 그 자리에 W자 자세로 앉은 채 고개를 숙이며 움찔움찔 몸을 경련했다.

“이제 외울 수 있겠지?”

그렇게 물어보았다.

이렇게까지 했는데 외울 수 없다는 말은 용납할 수 없다.

그런 마음을 담아 쓰러진 스즈네를 바라보았다.
"오빠, 이걸로 공식을 외울 수 있을 것 같아……."
"해낸 건가?!"
스즈네도 만족한 모양이다.
그러나 만족도 잠시, 그녀는 잠시 나를 흐리멍덩한 눈으로 바라보더니, 갑자기 나에게서 눈길을 피했다.
이봐, 스즈네…… 왜 눈길을 피하는 거냐.
무척 불길한 예감이 든다.
"오, 오빠……."
"……뭔데?"
"이 공식을 잊지 않게끔…… 복습해야겠지……?"
와…….
아직이냐?! 스즈네! 아직 만족 못 하는 거냐?!
그런 스즈네의 변태 헝그리 정신에 기막혀하고 있노라니, 스즈네는 치맛자락을 살짝 걷어 올렸다.
"오빠."
"뭡니까?"
"스즈네, 좀 더 많이 공식을 외울 수 있을 법한 곳을 알아."
"그, 그게 어디입니까?"
스즈네는 치마를 걷어 올려서 드러난 허벅지를 손가락으로 가리켰다.
스즈네, 왜 그런 야한 곳을 손가락으로 가리키는 거야?

"여기……."

"어디?"

"여기……."

스즈네는 자기 손가락으로 허벅지를 말랑말랑 찔렀다.

OH…… NO…….

그런 스즈네를 앞에 두고, 나는 붓을 떨어뜨리며 그 자리에 주저앉았다.

"스즈네, 아까 공식을 외울 수 있을 거 같다며?"

"응…… 하지만 복습도 중요해. 오늘 오빠가 가르쳐준 공식을 제대로 외울 수 있게끔 몸에 새겨야지……."

"하지만 그런 곳에 적으면, 오빠로 있을 수 없게 될지도……."

"괜찮아. 남매니까……."

남매니까 괜찮다.

마법의 말이다.

"오빠, 부탁해……. 스즈네에게 좀 더 공부를 가르쳐줘……."

"오, 오빠는 이제 어떻게 돼도 모른다?"

이제 자포자기다.

나는 바닥에 떨어진 붓을 손에 집었다. 그리고 스즈네 앞에 정좌하고 앉아서는 허벅지를 노려서 붓을 휘둘렀다.

"안 돼!!"

그 민감한 곳에 붓끝이 닿자, 스즈네는 저도 모르게 양손으로 내 어깨를 움켜쥐었다.

내 어깨를 움켜쥔 채 앞으로 몸을 기울인 스즈네. 블라우스의 옷깃 언저리로 그녀의 풍만한 계곡 틈이 엿보였다.

이 자세는 곤란한데.

"오빠, 근질근질해……."

"조금만 더 참으면 돼."

"오빠를 위해서, 스즈네, 참을게……."

스즈네의 머리가 좋아지기 위해서, 머리 나쁜 대화를 나누면서 붓을 놀렸다.

스즈네는 참겠다고 말했지만 "나, 이상해져 버리겠어……"라고 말하며 참아내지 못하는 기색이었다.

안심하렴. 이미 스즈네는 이상하니까.

그렇게 마음속으로 스즈네를 타이르면서 가까스로 공식을 다 적었다.

다 적은 순간, 나는 붓을 내던지고는 가슴을 억누르며 숨을 가다듬었다.

위험하다, 위험해. 진심으로 이성이 날아갈 뻔했어.

그리고 스즈네 또한 하마터면 이성이 날아갈 뻔한 걸 참아냈는지, 가슴에 손을 대고서 숨을 가다듬고 있었다.

하지만 잠시 뒤에 스즈네는 바닥에 떨어진 붓을 손에 쥐더니 "오, 오빠…… 잠시 귀 좀 빌려줘……"라고 말하며 뺨을 새빨갛게 물들인 채 내 얼굴에 손을 댔다. 그리고 내 귀를 자신 쪽으로 향하게 했다.

"스즈네?"

이해할 수 없는 행동에 의아해하니, 갑자기 귓가에 사각사각한 붓끝이 닿으면서 온몸에 오싹오싹한 감촉이 덮쳤다.

이, 이게 뭐야! 여태까지 맛본 적 없는 새로운 감각이……!

귀를 향한 사각사각 공격에 몸부림치면서도 붓끝에 집중했다.

스즈네가 내 귀에 무언가 적고 있다…….

『고 · 마 · 워』

스즈네가 보내는 감사의 말이었다.

결국, 그 후로 나는 스즈네가 문제를 풀 때마다, 그녀의 몸에 공식을 새겨 넣게 되었다.

목덜미에 뒷덜미, 더 나아가서는 위팔과 그녀의 몸에 공식을 적어 갔고, 정신이 들었을 무렵에는 하교 시각을 맞이했다.

이렇게 될 때까지 아무도 오지 않다니. 이 도서실, 사람이 너무 없잖아…….

그렇게 해서 스즈네가 문단속하기를 기다려, 둘이 사이좋게 학교를 나갔다.

"…………."

어쩐지 아까 전부터 옆에서 걷는 스즈네가 묘하게 안절부절못하고 있다.

이윽고 평소 걷는 가로수길에 다다른 참에 그녀는 갑작스럽게 발을 멈췄다.

"스즈네?"

"서, 선배. 내일은 토요일이잖아요?"

"그렇지?"

무슨 말을 하려고 그런 뻔한 질문을 하지?

"그, 그게…… 선배가 한가하다면, 내일, 저랑 같이 외출하실래요?"

뭡니까, 그 기쁜 권유는?

그런데 어느새 호칭이 선배로 돌아왔다. 지금의 스즈네는 여동생 모드가 아니라 평소의 후배 모드인 모양이다.

"물론 좋아."

즉답 말고 다른 선택지는 없다.

"그래서 그게…… 가능하다면 내일은 교복을 입고 같이 놀러 가고 싶어요."

아무래도 이 제안이 바로 스즈네를 안절부절못하게 만든 이유인 모양이다.

그녀는 그렇게 말하더니 뺨을 새빨갛게 물들이며 부끄러운 듯이 고개를 돌렸다.

귀여워.

"별로 상관없지만…… 그건 또 왜?"

스즈네가 그런 제안을 하는 데는 틀림없이 무언가 속내가 있을 것이다. 스즈네가 행동할 때는 요컨대 변태적인 무언가가 일어날 때인 것이다.

"그게…… 하루카의 교복은 세일러복이라는 설정이죠?"
"그렇지."
"세일러복과 지금 입는 교복은 이래저래 모양이 다른 것 같아요. 선배도 세일러복을 입은 여자애를 묘사한다면, 구조를 알아두는 쪽이 좋지 않을까요?"
그렇구나.
듣고 보니 내가 쓰는『친구의 여동생을 NTR』의 히로인 하루카는 세일러복 교복을 몸에 걸치고 있다. 하지만 솔직히 말하자면 나는 그 구조를 잘 모른다.
여태까지 상상으로 아무 생각 없이 쓰기는 했지만, 세일러복에 대해서 자세히 아는 사람이 읽으면 부자연스러운 묘사를 하고 있을 가능성도 있다. 그런 의미에서는 구조를 알아두는 것은 나쁜 일이 아니다.
다만 그럼 자료가 있어야 하는데…….
"교복 데이트는 상관없지만, 세일러복은 어떻게 하려고?"
우리 학교는 남녀 모두 블레이저이다. 그리고 스즈네와 나는 같은 중학교를 나왔고, 그녀는 중학 시절에도 블레이저를 몸에 걸쳤다.
즉, 세일러복을 가지고 있지 않다.
설령 교복 데이트를 해도 그녀의 교복이 블레이저인 이상, 그다지 소설의 참고가 되지 않을 터다.
그런 의문을 품으면서 고개를 갸웃거리고 있노라니, 그녀는 여전히 나에게서 고개를 돌린 채 툭 중얼거렸다.

"미유키네 고등학교가 분명 세일러복이었죠……."

"…………."

스즈네…… 왜 지금, 미유키 화제를 꺼내는 거니?

"그, 그게…… 미유키의 교복을 만약 손에 넣을 수 있다면, 분명 내일 데이트는 선배에게 값어치 있을 것 같아요."

"……뭘 어떻게?"

"…………."

아니, 왜 거기서 입을 다무는데.

"스즈네가 미유키에게 교복을 빌려달라고 부탁하려고?"

"선배, 기억하세요?"

"……뭘?"

"소설에 슈타가 매일 밤 하루카의 방에 숨어들어서, 그녀의 교복을 방으로 가지고 돌아가는 묘사가 있잖아요?"

"있지, 그런 장면이……."

얘가 또 무슨 말을 하려고……. 심장이 역대급으로 두근거린다.

"선배, 제가 미유키에게 세일러복을 빌려달라고 부탁하는 건 간단해요. 하지만 소설을 훨씬 더 현실감 있게 만들기 위해서는, 여동생 방에 숨어드는 긴장감은 실제로 체험해 두는 편이 좋을 것 같아요."

무서워……. 이 애…… 무서워…….

"하지만 스즈네. 만약 그런 짓을 했다가 들키면 내 인생은 끝장이 난단다."

"그런가요? 우리 오빠는 곧잘 훔치러 왔었지만, 저는 대수롭지 않았는데요."

스즈네, 미나즈키가의 기준으로 만사를 논하면 안 된단다.

아무래도 스즈네에게는 여동생의 교복을 훔치는 일쯤은 대단한 위험 부담이 아닌 모양이다.

터무니없는 요구가 튀어나왔는데, 그녀에게는 사소한 조르기 정도의 일인가 보다.

그런 미나즈키가와 세간 일반과의 상식 차이에 얼어붙은 표정을 짓고 있노라니, 그녀는 내 손을 양손으로 감싸 쥐며 바라봐왔다.

"선배, 최고의 소설을 쓰기 위해서는 타협해서는 안 돼요. 훨씬 더 현실감 있는 내용이어야, 독자분은 이야기에 몰두할 수 있는 걸요?"

"아무리 그래도 정도가……."

"그러면…… 만약 들키면, 그때는 제가 미유키에게 좋게 변명을 해둘게요."

그 말…… 정말로 믿어도 괜찮은 건가요?

어쩐지 불안하기만 한데…….

하지만 스즈네는 진심인 모양이다. 그 눈에서 확고한 의지가 느껴진다.

"선배, 여동생의 교복을 훔치는 건 평범한 일이에요."

"정말인가요?"
그렇게 묻자, 거기에서 스즈네는 내 귓가에 입술을 가져다 댔다.
"게다가 전, 선배라면 벗겨져도 좋아요……."
"으엇?!"
"선배, 부탁할 수 있나요?"
"…………네."
이렇게 해서 오늘 밤, 나는 친여동생의 교복을 훔치게 되었다.

스즈네와 평소 아침에 만나는 곳에서 헤어져서 우중충한 마음으로 귀갓길에 들어선 나였지만, 잠시 걸은 참에 문득 누군가가 내 어깨를 두드렸다.
갑작스러운 감촉에 "흐악?!" 하고 한심한 목소리를 흘린 내가 뒤를 돌아보자, 거기에는 마피아가 서 있었다.
뭐, 뭐야?
일본에서 주택가를 걷는데 마피아가 어깨를 두드리는 일은 있을 수 없다.
다들 그렇게 생각하겠지. 하지만 거기에 서 있었던 사람은 확실히 마피아였다.
그 남자는 정장을 몸에 둘렀고, 머리는 스킨헤드, 더 나아가서는 이 저녁놀이 지는 시간대인데 선글라스를 쓰고서 나를 빤히 쳐다보았다.
이 남자를 마피아라는 말 말고 어떻게 표현하면 좋을까?

그 정도로 눈앞에 있는 남자는 마피아 같았다.

"뭐, 뭔가 용건이 있으신가요?"

아 쫄려…….

나는 도무지 마피아가 말을 걸어오는 이유를 알 수 없어서 일단 떨리는 목소리로 물었다.

마피아는 얼굴을 키스할 수 있을 만큼까지 들이대고서 째려보았다.

저기, 너무 가까운데요…….

"네놈, 뭐 하는 놈이냐."

지리겠네…….

겉모습뿐만이 아니라 날카로운 목소리도 마피아였다.

아니, 대체 왜……? 왜 나는 마피아에게 위협당하는 거지?

도무지 의미를 알 수 없던 나는 그저 울음을 터뜨릴 것 같으면서도 다리를 부들부들 떨 수밖에 없었다.

하지만 마피아는 입 다물기를 허락하지 않았다.

"못 들은 거냐? 네놈은 뭐 하는 놈이냐고 묻고 있다."

분명 마피아가 묻는 말을 알기 쉽게 바꾸자면 이런 것이리라.

네놈, 어느 조직 사람이냐. 내 구역에서 뭘 하고 있지?

하지만 나는 어느 조직 사람도 아니다. 정확히 말하자면 2학년 C반이지만, 이 남자가 바라는 대답은 아닐 것 같다.

"저, 저는 그냥 선량한 고등학생인데——."

"그런 건 보면 알아!!"

"그, 그렇겠죠……."
아니, 무섭다니까 그러네…….
대체 왜지? 왜 난 이런 처지에 놓였지?
도무지 영문을 알 수 없다.
나는 이대로 제거당하는 건가?
"네놈, 아까 스즈네와 둘이 걷고 있었지? 너와 스즈네는 무슨 사이냐."
마피아는 그렇게 물었다.
어떻게 마피아가 스즈네의 이름을 알지?
아니, 잠깐만?
"저, 저기…… 한 가지 여쭤봐도 될까요?"
"뭐냐?"
"혹시 스즈네의 아버님이신가요?"
"그렇다면 뭐 어쨌다고!!"
"그, 그렇겠죠……."
이럴 수가…….
아무래도 이 남자는 스즈네의 아버지인 모양이다.
새까맣게 잊고 있었다. 미나즈키가도 당연하게 집안의 대들보라 불리는 인물이 존재한다는 사실을.
미나즈키가의 그 밖에 다른 면면의 캐릭터가 너무나도 강렬해서, 그 당연한 사실을 나는 완전히 잊고 있었다.
"그래서, 아직 대답을 듣지 못했군. 네놈과 스즈네는 대체 어떤 사이냐? 그 부분을 명확히 들려주실까?"
"그건……."
확신했다.
만약 지금 여기에서 스즈네와의 관계를 적나라하게 입에 담는다면, 나는 그대로 도쿄만의 물고기 밥이 될 것이다.
죽고 싶지 않다……. 아직 나는 고등학생이다. 하다못해 10년만이라도 더 현세를 즐기고 싶다.
그래서 어떻게든 둘러댔다.
"스, 스즈네 양과는, 어디까지나 좋은 학우랄까, 그 이상도 이하도 아니랄까……."
"흐음…… 그런 것치고는 꽤 친밀하게 대화하고 있었는데?"
"아뇨, 그런 일은 결코……."
살려줘…… 누가 좀 살려줘…….
너에게 딸은 안 준다고 말하는 아버지가 이 세계에 존재한다는 사실은 알고 있었지만, 눈앞에 있는 남자는 그 최종 형태인 모양이다.
지금, 이 남자가 품에 손을 넣어서 권총을 꺼낸다 해도 난 전혀 놀라지 않을 것이다.
적어도 이 자리에서 흠씬 두들겨 맞아 얼굴의 형태가 바뀌는 것쯤은 각오해 둬야만 할지도 모른다.
그런 각오를 다진 순간.
"어머, 여보?"

앞쪽에서 목소리가 들렸다. 당장이라도 키스할 수 있을 만큼 가까이 있던 마피아의 얼굴에서 시선을 살짝 돌리니 낯익은 얼굴이 보였다.

"어머, 코노논 군도 있잖아."

스즈네 어머니였다.

스즈네 어머니는 나와 마피아 사이에 흐르는 긴장된 분위기를 아는지 모르는지, 평소의 기색으로 생글생글 기분 좋게 우리 곁으로 걸어오더니 여보라고 부른 마피아를 보았다.

"여보도 참, 코노논 군과 둘이 무슨 얘기를 하고 있어?"

"으엇?!"

그런 스즈네 어머니의 말을 듣고 마피아는 살짝 놀란 듯이 나와 스즈네 어머니의 얼굴을 번갈아 보았다.

댁은 왜 그렇게 놀라는 겁니까.

내 알 바 아니지만.

아무래도 스즈네 어머니는 마피아에게서 대답을 얻을 수 없다고 판단했는지 이번에는 내 얼굴을 보았다.

"코노논 군, 보고 싶었어~."

스즈네 어머니가 내 몸을 꼬옥 끌어안았다.

그러자.

"으어어어어어어어어어어어어엇!!"

당연하다는 나를 듯이 끌어안는 스즈네 어머니의 모습에, 마피아는 주택가가 울리도록 절규했다.

이거 그림이 위험한데.

마피아의 여자에게 손을 대는 게 얼마나 엄격한 금기인지 알고 계십니까?

"너, 너……! 스즈네만으로도 모자라서 스즈하에게까지!"

아무래도 스즈네 어머니의 포옹은 마피아의 역린을 건드린 모양이다.

순식간에 얼굴이 새빨개져서 삶은 문어처럼 변한 마피아를 스즈네 어머니의 어깨 너머로 바라보고 있노라니, 마침내 스즈네 어머니는 나에게서 몸을 떼고서 마피아를 보았다.

"혹시 여보는 코노논 군과 처음 만나?"

"그, 그렇다면 어쩔 건데?!"

"여보는 모를 수도 있겠지만, 코노논 군과 스즈네는 무척 사이가 좋은데? 잘됐다, 여보. 이로써 미나즈키가의 장래는 탄탄대로일 거야."

스즈네 어머니…… 일이 복잡해지니 좀 입 다물어 주시겠습니까?

그런 내 바람도 허무하게 스즈네 어머니는 전혀 긴장감 없이 마피아에게 나를 소개했다.

그리고.

"우어어어어어어어어어어어어어어어엇!! 어째서 이런 일이!! 어째서 이런 일이!!"

아니나 다를까, 마피아는 더욱더 흥분해서 절규했다.

결국 그 후 어떻게 됐는지 기억은 애매하다.

그 후, 마피아의 흥분이 최고조에 달해서 "처죽여주마!! 처죽여주마!!"라고 무시무시하게 위협했던 기분이 든다.

결국은 스즈네 어머니가 마피아의 팔을 억지로 당기며 "코노논 군, 그럼 또 보자"라고 말하며 떠났다.

일단 내 목숨은 붙어 있다.

덕분에 가까스로 죽지 않고 귀가했지만, 자택에 가까워질 수록 스즈네가 내준 숙제가 떠올라 우울해졌다.

"다녀왔어……."

"아, 오빠, 어서 와."

그렇게 해서 자택 문을 열자, 파자마 차림을 한 미유키가 서 있었다.

아무래도 목욕을 마치고 나온 모양인지, 그녀는 풀어헤친 머리카락을 목욕 수건으로 꼼꼼하게 닦고 있었다.

그녀는 의심없는 눈으로 나를 바라보고 있었다.

아, 미유키의 그 시선, 지금 오빠한테는 좀 따갑습니다…….

그녀는 그런 내 아픈 마음을 알 리가 없는 미유키는, 내 곁으로 걸어오더니 무언가 기분 좋게 나를 올려다보았다.

"저기 있잖아, 오빠. 내 머리카락 좀 봐봐."

미유키는 왠지 자기 머리카락을 손으로 잡더니 내 얼굴 앞에서 살랑살랑 흔들었다.

"뭔데?"

"새 샴푸야. 하나에 3,000엔이나 했다고. 어쩐지 평소보다 윤기 나는 것 같지 않아?"

"뭐 듣고 보니 그런 것 같기도……."

"아, 오빠가 쓸 땐 사용료로 200엔을 내 책상에 놔둬."

"아니, 안 쓸 거야."

나는 린스가 들어간 샴푸만 쓴다.

하지만 확실히 미유키의 머리카락에 반사되는 천사의 고리가 평소보다 더 빛나는 것 같은 느낌이 든다.

아무래도 미유키는 그 사실을 나에게 자랑하고 싶었나 보다.

그저 샴푸를 바꾸기만 했는데 이렇게나 기쁜 듯이 자랑해 오는 미유키.

지나친 생각일지도 모르지만, 지금의 나에게 그런 미유키가 평소보다 더 갸륵해 보여서 가슴이 아파진다…….

미유키. 오늘 밤, 오빠는 그런 갸륵한 미유키의 교복을 훔치려 하고 있어.

이제 미유키의 눈을 평생 똑바로 바라볼 수 없을 것 같아.

갸륵하게 나를 바라보는 미유키에게는 미안하지만, 죄책감을 차마 견디지 못하고 눈길을 피하고 말았다.

"오빠?"

미유키는 그런 내 시선 이동을 깨달은 모양인지, 고개를 갸웃거렸다.

"오빠, 왜 그래?"
"아니, 아무것도."
"아무것도 아니면 왜 눈길을 피하는데?"
"나는 그런 적 없는데?"
그건 있지, 마음이 더러워져 버린 나로서는 갸륵한 미유키가 너무 눈이 부시기 때문이야……라고는 말할 수 없다.
나는 애매한 대답으로 그 자리를 넘기려 했지만, 미유키는 넘어가지 않았다.
눈길을 피했어도 그녀가 물끄러미 나를 계속 바라보고 있다는 사실을 알았다.
"오빠, 화났어?"
"아니, 딱히 화나진 않았는데……."
"그럼 왜 평소랑 달라?"
"평소랑 똑같은데……."
"그렇지 않아. 평소 같으면 오빠는 똑바로 내 눈을 보며 얘기하는걸."
"그렇지 않습니다……."
아아, 안 되겠다.
미유키, 오빠는 눈치 빠른 꼬맹이는 싫다고.
그녀의 눈빛이 눈길을 피하고 있어도 알 만큼 쓸쓸하게 변했다.
"오빠, 혹시 미유키가 싫어졌어?"
그러고서 이런 말을 한다.

그녀는 평소엔 나를 함부로 대하기는 해도, 인정하긴 부끄럽지만, 이 녀석은 이래 봬도 상당한 오빠 껌딱지이다.

사춘기를 맞이할 때까지는 집에서는 계속 내 곁을 떠나지 않았고, 지금도 그 편린을 때때로 보여줄 때가 있다.

지금, 그걸 보여주는 건 오빠로서는 상당히 괴로운 마음이 든다.

“그런 거 아니야.”

“그럼 왜 눈을 마주치지 않는데?”

“………….”

“왜 대답을 안 해줘?”

“………….”

“호, 혹시나 샴푸를 안 쓰게 해준다고 말해서 화났어? 그건 농담이야. 오빠도 써도 돼.”

“아니, 그건 신경 쓰지 않아.”

아까도 말했지만, 나는 린스가 들어간 샴푸 말고는 인정하지 않는다. 오히려 샴푸와 린스를 일부러 나눠 쓰는 인간을 깔보고 있다.

하지만 지금은 샴푸에 대해서 생각할 상황이 아니다. 우선은 귀여운 여동생의 불신감을 불식시키지 않으면 나중에 귀찮아진다.

그래서 나는 태양보다도 눈 부신 여동생의 갸륵한 눈동자에 시선을 향했다.

윽, 눈부셔…….

“딱히 그런 거 아니야. 그냥 생각할 게 있어서 그래.”

"정말?"
"정말이야."
"정말로 정말?"
"정말로 정말."
"그럼 상관없지만……."
아무래도 미유키는 마침내 나에 대한 불신감을 누그러뜨린 모양이다.
그녀는 물끄러미 나를 바라본 채로 싱글거렸다.
"오빠, 나를 싫어하지 말아줘."
"네가 착한 아이로 있는 한은."
"만약 오빠가 나를 싫어하면……."
"응?"
"그 손가락을 전부 잘라서 물고기 밥으로 줄 거야."
그렇게 소름 돋는 말을…….
"…………명심하겠습니다."
이렇게 해서 나는 미유키에게서 해방되었다.
목욕 수건으로 머리카락을 닦으면서 거실로 걸어가는 미유키를 바라보면서 나는 다시금 깨달았다.
교복을 훔치다 들키면, 나는 죽는다…….

밤이 되었다.
즉 작전 실행 시간이 가까워졌다.

하려거든 심야 말고는 없다. 하지만 미유키의 방에는 자물쇠가 걸려 있다.

실은 3년쯤 전에, 그녀는 부모님께 졸라서 방에 자물쇠를 달았다. 아무래도 사춘기를 맞이한 여자애에게는 사생활이라는 감정이 싹트기 시작한 모양이라서, 자물쇠를 설치한 이후 그녀는 항상 방에 자물쇠를 잠그고 있다.

그렇다면 방에 들어갈 수 없잖아?

그렇게 생각할지도 모르겠지만, 실은 보안 만전인 그녀의 방에도 보안 사각이 존재한다.

그것은 발코니로 이어지는 창문이다.

실은 내 방과 미유키의 방은 발코니로 이어져 있다.

그리고 1년 중에서 지금 시기, 즉 봄과 여름의 환절기가 되면 그녀는 방의 창문을 열고서 잔다.

에어컨을 킬 정도는 아니지만, 그렇다고 해서 창문을 닫기에는 더운 날씨.

실제로 지금도 자기 전에 그 소리가 들려온다.

그래서 만약 교복을 훔친다면, 미유키가 잠든 심야 이외에는 없는 것이다.

발코니에서 그녀의 방에 숨어들어 슬쩍 교복을 빌린다. 그리고 교복을 써야 하는 월요일 아침까지 원래 장소로 되돌려놓으면 괜찮다.

그렇게 해서 나는 방에 틀어박혀 미유키가 잠들기를 가만히 기다렸다.

그런데 슬슬 그녀가 잠들법한 밤 11시경, 누군가가 갑자기 내 방문을 두드렸다.

"네."

"오빠, 깨어 있어?"

찾아온 사람은 범행 대상인 미유키였다.

"열어도 돼."

그렇게 대답하자 방문이 천천히 열리며 파자마 차림을 한 미유키가 들어왔다.

여전히 수면 모자를 쓰고서 팔에는 토끼 인형인 타 군을 끌어안고 있다.

"무슨 일인데?"

이런 시간에 무슨 용건일까?

고개를 갸웃거리고 있노라니, 미유키가 무언가 안절부절못하는 기색으로 타 군을 꼬옥 끌어안았다.

"오빠는 아직 안 자?"

"아직은."

적어도 네가 잘 때까지는 못 잔다.

그런데 우리 여동생은 왜 그런 질문을 일부러 내 방에까지 찾아와서 물어보는 것일까?

오빠는 지금 무척 불길한 예감이 들어…….

이 불길한 예감은 빗나가질 않는다.

"오늘은 오빠 방에서 잘래."

"아니, 또 왜……."

"그냥."

미유키, 지금 오빠는 있지, 그냥이라는 애매한 이유로 너랑 같이 코 잘 수 있는 상황이 아니란다.

아무래도 아까 전 현관에서 있었던 일 때문에 조금 쓸쓸해진 모양이다.

이정도는 때때로 있는 일이지만, 오늘만은 곤란하다.

당연하게도 미유키가 내 방에서 자면 그녀는 자기 방문을 잠근다. 이미 그녀의 문 잠그기는 습관이 되어 있는 것이다.

그리고 내 방에서 잔다는 것은 즉 창문을 열지도 않는다는 뜻이다.

궁지에 몰렸어……!

벽에 슬쩍 구멍이라도 뚫지 않는 한, 미유키의 방에 침입하기란 불가능하다.

이건 어떻게 해서든 그녀를 자기 방에서 재워야만 한다.

"미안하지만 오빠는 밤늦게까지 할 일이 있어."

"괜찮아. 나는 신경 안 쓰니까."

"밝으면 좀처럼 잠들기 힘들잖아?"

"이불 속에 들어가서 자니까 괜찮아."

"아니, 그래도——."

"뭐 불만 있냐? 어엉?"

"아뇨, 없습니다."

그렇게 해서 미유키가 내 방에서 자기로 결정되었다.

그랬지. 나에게는 거부권 따위는 없었다.

방에 침입해 온 미유키 씨는 그대로 침대에 파고들더니 "너도 자"라는 한마디를 하고 침대를 툭툭 두드렸다.

강제 취침이다.

미유키가 자라고 하면 자는 것 말고는 선택지가 없다.

어쩔 수 없으니, 조명을 끄고는 나 또한 침대로 들어가기로 했다. 침대에 드러눕자 미유키가 내 팔에 달라붙었다.

완전 고정이다.

"오빠, 잘 자."

"어, 그래……. 잘 자……."

이제 어쩐다.

이대로 가면 곤란하다. 이제는 미유키의 방은 완전히 외계에서 차단되었고, 그것도 모자라 내 팔은 완전히 봉쇄되었다.

이 상태로 내일 데이트까지 미유키의 교복을 조달하기는 어렵다.

어떻게든 해서 미유키의 방에 잠입해야 하는데…….

그런 생각을 하노라니 옆에서 작은 숨소리가 들려왔다.

미유키를 보자 그녀는 만족스럽게 고른 숨소리를 내고 있었다.

여전히 잠이 잘 드는 녀석이다.

나는 그런 여동생의 잠든 얼굴을 잠시 바라보았지만, 문득 그녀의 파자마 가슴 주머니에 눈길이 갔다.

이건……!

그녀의 평평한 가슴께를 보니, 주머니에서 열쇠고리가 삐져나와 있었다.

나는 이 열쇠고리를 본 적이 있다.

이건 미유키 방의 열쇠이다.

그녀가 열쇠를 몸에 지니고 있다는 것은 방문을 잠갔다는 뜻이지만, 이걸 빼내면 미유키의 방에 들어갈 수 있다.

내 오른팔을 보았다.

우선은 미유키에게 꽉 고정된 오른팔을 해방하지 않으면, 미유키의 방은커녕 화장실조차 갈 수 없다.

그런고로 슬쩍 오른팔을 빼내 보려고 했다.

하지만.

우와, 꿈쩍도 안 하는데…….

내 팔은 미유키의 양팔에 의해서 평평한 가슴께에 단단히 끌어당겨졌고, 더 나아가서는 손목은 그녀의 넓적다리에 끼워져 있다.

즉 완전히 안은 베개가 상태가 되었다.

하지만 이대로는 아무것도 할 수는 없다. 그러니 다소 억지로 팔을 미유키에게서 떼어내자, 미유키는 "으응……" 소리를 내며 불쾌하게 눈썹을 움찔움찔 움직이면서도 내 팔을 풀어주었다.

좋아, 제1 관문 돌파다.

하지만 다음은 제2 관문이 기다리고 있다.

미유키의 가슴 주머니에 든 열쇠이다. 발코니에서 숨어들 수 없게 된 이상, 이 열쇠가 있어야만 그녀의 방에 들어갈 수 있다.

그녀의 얼굴을 바라보며 확실히 잠들었다는 사실을 확인했다.

미유키는 무언가 기분 좋게 입을 우물거리고 있었다.

확인이 끝난 참에 호흡을 한 번 하고는 그녀의 가슴께로 천천히 오른손을 뻗어나갔다.

왜 여동생의 가슴께에 손을 뻗어야만 하는 거냐고…….

현자 모드에 들어갈 뻔한 나 자신을 필사적으로 억누르면서, 가슴 주머니에서 얼굴을 내민 별 모양 열쇠고리를 잡았다.

남은 일은 이걸 빼내는 것뿐이다.

여동생이 깨어나지 않게끔 세심한 주의를 기울여 열쇠고리를 빼내려고 했지만, 하필 그때, 미유키가 인형 타 군을 꼬옥 가슴에 끌어당겼다.

그 결과, 열쇠는 미유키의 평평한 가슴과 타 군 사이에 끼고 말았다. 미션이 더욱 어려워졌다.

OH…… NO…….

하지만 여기에서 포기할 수는 없다. 조금만 더 하면 된다. 조금만 더 하면 미유키 방 열쇠가 손에 들어온다. 그러니 마음을 다잡고서 다시 신중하고 신중하게 열쇠고리를 빼냈다.

“으응…… 싫어…….”

아무래도 열쇠가 주머니 속에서 미유키의 가슴에 마찰을 준 모양이다. 열쇠에 가슴이 닿은 미유키는 또 눈썹을 찌푸리며 살짝 몸을 비틀었다.

미유키, 오빠에게 그런 암컷의 얼굴을 보여주지 마라.

여기까지 오면 돌이킬 수는 없다.

나는 친여동생의 암컷 얼굴을 바라보면서, 가까스로 열쇠를 빼냈다.

좋았어.

이제 미유키의 방에 숨어들어서 교복을 빌리기만 하면 된다.

그녀를 깨우지 않게끔 천천히 침대에서 내려가서는 미유키의 방으로 이동했다.

열쇠 구멍에 열쇠를 꽂자 철커덕 자물쇠가 열리는 소리가 난다. 천천히 문고리를 돌리고는, 어둠 속에서 왼손의 감촉을 의지해 벽에 설치된 조명 스위치를 켰다.

오오, 어쩐지 오랜만인데.

시야에 펼쳐지는 여자애다운 방에 참으로 그리움을 느끼면서 곧바로 방에 잠입했다.

방을 둘러보자, 공부 책상 옆에 커다란 옷장을 발견했다.

아마도 이 안에 있겠지?

그런고로 옷장의 여닫이문을 열었다. 단박에 미유키의 교복을 발견했다.

이제 이걸 집 어딘가에 숨겨놓고서, 내일 집을 나갈 때 봉투나 뭔가에 넣어서 가지고 나가면 완벽하다.

한때는 어떻게 되려나 걱정했는데 이로써 미션 달성이다.

미유키여, 못된 오빠를 용서해다오. 너에게 들키지 않게끔 슬쩍 돌려놓을 테니 나쁘게 생각하지 말아다오.

그렇게 마음속으로 사죄하고서 재빠르게 미유키의 방에서 탈출했다.

천천히 문고리를 돌려서 문을 열고는, 틈새에서 몸을 빼내고 문을 닫으려고 했는데…….

그 순간 눈이 마주쳤다.

창밖에서 지켜보는 여동생과.

차디차게 얼어붙은 눈빛이 창 너머에서 나를 향해 쏘아지고 있었다.

끝났다.

그 후, 미유키 손에 강제적으로 내 방으로 연행된 나는 그녀에게서 심문받게 되었다.

"대체 무슨 생각으로 이러는 거야?"

그런 미유키에게서의 질문을 듣고, 나는 어느 정도 에둘러 포장해서 사정을 설명하게 되었다.

실은 미유키에게 발각되었을 경우 어떻게 대처할지 스즈네와 생각해 뒀다.

우선은 교복을 훔친 이유. 그것은 미유키와 교복 데이트를 하게 되었기 때문이라고 설명했다.

스즈네에게 세일러복을 입히고 싶다고 생각한 나는 미유키에게서 세일러복을 빌리기로 했지만, 나에게는 그런 부탁을 미유키에게 할 용기가 없어서, 멋대로 슬쩍 빌리려고 했다는 줄거리이다.

실제로는 세일러복을 소망한 건 스즈네이고, 우리는 딱히 교복데이트를 하고 싶은 것이 아니라 관능 소설에 참고하고 싶었을 뿐이지만.

하지만 그런 말은 입이 찢어져도 할 수 없다.

그래서 나는 어떻게든 관능 소설이 들키지 않는 수준으로 이야기를 꾸며 넣어서 변명했지만, 사실 이 정도 변명으로 미유키에게서 용서받기는 어렵다.

하지만 미유키는 울상을 지으며 해명하는 나를 잠시 물끄러미 쳐다보더니, 문득 "키득" 하고 웃음을 흘렸다.

응?

"미유키 양, 왜 그러시나요?"

"뭐, 일단 솔직히 자백한 건 칭찬해 줄게."

그렇게 말하며 미유키는 계속해서 키득키득 웃었다.

그런 미유키의 웃는 얼굴은 나에게는 격노하는 것보다도 꺼림칙하고 무서웠다.

"사실 나는 오늘 밤, 오빠가 내 교복을 훔칠 걸 알고 있었어."

"어, 어째서?"

"스즈네한테서 미리 들었으니까."

"네?"

"오빠가 나에게 세일러복을 빌려달라고 부탁할 용기는 없을 테니까, 어쩌면 오빠가 내 교복을 훔치러 올지도 모른다는 소리를 들었어."

"그, 그렇구나……."

아무래도 스즈네가 선수를 친 모양이다.

"그래서 오빠한테 장난을 치려고, 굳이 오빠 방에서 자면 어떤 반응을 할지 살펴봤지. 그랬더니 오빠가 무척 당황한 표정을 짓더라고. 조금 재미있었어."

과연, 나는 정말로 뭘 숨기는 게 서툰 모양이다.

"내 방에 숨어 들어간 건 칭찬할 수 없지만, 뭐 이번 일은 스즈네를 봐서 용서해 줄게."

"성은이 망극하옵니다."

"하지만 다음부터는 나한테 제대로 말해."

"네……."

이렇게 해서 수라장은 회피했다.

이렇게 변명하면 나는 스즈네에게 세일러복을 입히고 싶어 하는 변태가 된다. 그래도 여동생의 교복을 훔치는 변태 시스콘 자식이라는 꼬리표는 붙지 않았으니 다행이다.

나는 중상을 입지 않고 끝난 것에 가슴을 쓸어내렸지만, 그런 내 모습을 보고 미유키가 고개를 갸웃거렸다.

"있잖아, 오빠한테 뭐 물어봐도 돼?"

"네, 뭐든지……."

"어째서 스즈네에게 세일러복을 입히려고 했어? 스즈네의 학교 교복도 예쁘잖아? 일부러 수수한 세일러복을 쓸 이유가 없는 것 같은데."

미유키, 그건 있지, 스즈네가 세일러복을 입는 게 내 관능 소설에 있어서 무척이나 중요한 일이기 때문이야.

물론 진실은 말할 수 없다.

"그게……."

거짓말이 서투른 나는 애매한 대답을 할 수밖에 없었다.

그녀는 그런 나를 도끼눈으로 쳐다보았다.

"오빠, 아직도 뭔가 숨기고 있지?"

"어? 아, 아니?"

미유키는 그런 나를 잠시 바라보았다.

하지만 갑자기 "하아……" 하고 한숨을 내쉬더니 "뭐, 아무래도 좋지만"이라고 말하며 나에게서 사정을 캐내기를 포기했다.

고난은 벗어났다.

이때의 나는 그렇게 생각했다.

하지만 이때의 내 애매한 반응은 새로운 불씨를 불러오는 계기가 되고 말았다.

물론 이때의 나는 그걸 깨달을 수 없었다.

아니, 깨달을 수 없었던 것은 그뿐만이 아니었다.

바닥에 놓인 내 학생 가방에서, 살짝 스즈네가 골라준 관능 소설이 고개를 내밀고 있었다.

이 모든 불씨가 맞물렸을 때, 나는 지옥을 보아야 했다.

이런저런 일이 있었지만 무사히 합법적으로 미유키의 세일러복을 손에 넣을 수 있었다.

그 과정에서 미유키의 오해를 샀지만, 뭐 시스콘 오명을 쓰는 것에 비하면 생채기나 마찬가지이다.

그렇게 해서 휴일인데 교복으로 갈아입은 나는 미유키의 세일러복이 든 종이봉투를 손에 들고 스즈네의 집에 찾아갔다.

평소 같으면 역 앞이나 공원에서 만날 만날 때가 많지만, 오늘은 교복 데이트를 하는 것이다. 분명 집에서 갈아입고 나서 데이트하러 나가게 되겠지.

그런데…….

"아, 오빠!!"

스즈네의 집에 다다랐을 무렵에 그런 목소리가 들려왔다.

창문에서 말을 걸어온 것일까?

그렇게 생각한 나는 미나즈키가를 올려다보았지만, 적어도 내 위치에서 보이는 창문은 전부 닫혀 있다.

응? 그럼 어디에서 말을 건 거지?

두리번두리번 주위를 둘러보다가 차고에 세워진 미나즈키가 자가용에서 시선이 멈췄다.

아, 스즈네다.

그녀는 어째서인지 차 뒷좌석에서 몸을 내밀고서 나에게 작게 손을 흔들고 있었다.

귀엽긴 하지만, 대체 왜?

그런 생각을 하고 있노라니, 이번에는 운전석 창문에서 다른 얼굴이 빼꼼히 나왔다.

"류타로 구~운!!"

류타로 군?

얼굴을 내민 사람은 스즈네 어머니였다. 그녀는 무언가 기분 좋게 웃음을 띠고서, 이 또한 나에게 손을 흔들고 있다.

귀엽긴 하지만, 이건 무슨 상황이지?

그리고 웬 류타로 군?

고개를 갸웃거리고 있자 이번에는 조수석에서 빼꼼히 또 얼굴이 나왔다.

"오오, 류타로!! 안녕. 오늘은 날씨가 좋구나!!"

얼굴을 내민 사람은 까까머리를 한 쇼타였다.

아하.

스즈네 어머니가 나를 코노논이 아니라, 류타로 군이라고 부른 이유가 뭔지 이해했다.

쇼타는 내가 코노논이라는 사실을 모른다. 아무래도 스즈네 어머니 나름의 배려였을 것이다.

쇼타는 무언가 쓸데없이 번들번들한 눈동자로 나에게 미소를 보내며 손을 흔들고 있었다.

조금 징그럽다만, 그래서 이게 무슨 상황인데?

나는 오늘 스즈네와 교복 데이트를 하기 위해서 여기에 찾아왔다. 그러기 위해서 어젯밤 오빠의 자존심을 버리고서 교복 도둑질까지 했다.

하지만 차에서는 마피아를 제외한 미나즈키가의 면면이 얼굴을 내밀며 나에게 손을 흔들고 있다.

영문을 모르는 상태로 입을 떡 벌리고 있노라니 스즈네 어머니가 나를 손짓으로 불러들였다.

"코노노……가 아니라, 류타로 군, 빨리 차에 타. 출발할 거야."

출발하다니, 어디로요?

어쩐지 불길한 예감을 느끼며 창문에서 얼굴을 내민 웃는 얼굴의 미나즈키가 면면을 바라보았다.

어쩐지 난 이 차에 타고 싶지 않은데…….

하지만 당연하게도 나에게는 거부권이 없다. 스즈네 어머니의 손짓에 응해서 차로 걸어갔다.

뒷좌석에 올라타려고 했더니, 스즈네 어머니가 "류타로 군, 이쪽으로 와"라고 말하기에 운전석 앞으로 갔다.

그러자 "쪽" 하고 뺨에 스즈네 어머니에게서 굿모닝 키스를 받았다.

아니, 굳이 이런 액션이 필요한가……라고 생각하면서도 뒷좌석 문을 열어 차에 올라탔다.

옆에 앉은 스즈네가 이쪽에 다가와서 "오빠, 안녕"이라고 다시 인사를 해왔다.

오늘의 스즈네는 푸른색 원피스를 걸치고 있다. 여름이 가까워서 그런지 반소매에 치마도 길이가 짧다. 그리고 늘 풀고 있던 머리카락은 사이드 테일로 묶었는데, 원피스에 맞춘 푸른색 곱창 머리끈이 귀엽다.

아, 참고로 스즈네 어머니는 평소의 정장 차림이다.

다시 차 안을 둘러보았다.

뭔지 이유는 모르겠지만, 차 안의 미나즈키가의 개성적인 면면을 바라보고 있노라니 도망치고 싶어졌다.

어쩐지 무서워진 나는 일단 바깥 공기를 마시려고 뒷좌석 문을 열려고 했지만, 차일드 로크가 걸려 있어서 꿈쩍도 하지 않는다.

마치 갇힌 기분인데…….

"그럼 출발할 테니까, 다들 안전 벨트를 매렴."

그렇게 차가 달리기 시작했다.

여보세요? 다들 대체 어디로 가는 거죠?

"오빠, 안녕."

"어? 어, 그래, 안녕……."

스즈네는 이미 여동생 모드에 들어간 모양이라 나를 오빠라 부르면서 팔에 매달렸다. 그녀의 커다란 가슴이 위팔에 눌린다.

음, 부드러워…….

행복한 감촉을 품으면서도, 은근히 눈치가 보여서 조수석에 앉은 쇼타의 안색을 살폈다.

나와 스즈네는 남매 놀이를 하고 있고, 스즈네 어머니도 그 사실을 알고 있다.

하지만 쇼타는 그 사실을 모를 터이다.

당연하다는 듯이 나를 오빠라고 부르는데, 쇼타는 이상하게 여기지 않는 건가?

깨달음을 얻었다는 것은 알지만, 귀여운 친여동생이 나에게 찰싹 달라붙는 모습을 보고서 아무렇지 않게 생각하는 걸까?

하지만 쇼타의 얼굴을 본 순간, 그런 걱정은 기우라는 사실을 깨달았다.

조수석에 앉은 쇼타는 웃는 얼굴로 반짝반짝한 눈동자를 진행 방향으로 향한 채 미동도 하지 않았다.

징그럽다.

어머님, 아들을 슬슬 병원에 데리고 가는 편이…….

일단 화나지는 않은 것 같아서 다행이다.

설마 정말로 깨달음을 얻었나?

하지만 이 녀석, 아직 내 소설에 감상을 적어넣고 있는데…….

이 녀석은 대체 무슨 생각을 하면서 살아가는 걸까.

의문은 끊이지 않지만, 지금 나에게는 훨씬 더 우선해야 할 의문이 있다.

"저기, 어머님?"

"류타로. 엄마는 엄마라고 불러야지."

"어, 엄마……?"

"류타로, 뭐~니?"

“저희는 어디로 향하는 겁니까?”

적어도 나는 스즈네와 교복 데이트를 할 생각으로 찾아왔다. 하지만 현실은 동물이 차에 올라타는 타입의 사파리 파크에 찾아온 기분이다.

적어도 행선지가 어디인지쯤은 알아야 할 것 같다.

그런 내 의문에 스즈네 어머니는 “쇼타”라고 어째서인지 쇼타의 이름을 불렀다.

“뭔데?”

“우리는 이제부터 쇼타에게는 들려줄 수 없는 얘기를 할 테니까, 잠시 큰 소리로 음악을 들어주겠니?”

“그건 쉬운 일이지.”

쇼타는 그렇게 대답하더니 주머니에서 무선 이어폰을 꺼내 들고는 그것을 귀에 꽂았다.

아니, 쇼타, 이걸 납득하는 거냐?

하지만 쇼타는 전혀 신경 쓰지 않는 듯 웃음을 유지하고 있다.

아무래도 좋지만 쇼타의 귀에서 어렴풋이 불경 같은 음성이 흘러나왔다.

“코노논 군, 요전번에 세 가지 배덕감 얘기는 했었지?”

“네? 아, 그런 게 있었죠.”

세 가지 배덕감이란 요전번 미팅에서 스즈네 어머니가 플롯에 넣으라고 했었던 배덕적인 감정을 말한다.

“코노논 군, 내가 말했던 세 가지 배덕감의 내용은 기억하니?”

"어, 그게, 좋아하게 돼서는 안 되는 사람을 좋아하게 되는 것, 좋아하는 사람을 배신해서 다른 사람과 친밀해지는 것과…… 그리도 또 하나는…… 뭐였더라?"

그러자 거기에서 스즈네가 붙잡고 있던 내 팔을 잡아당겼다.

"오빠, 세 번째는 누군가의 소중한 사람을 빼앗는 배덕감이야."

"오오, 듣고 보니 그런 거였던 것 같아."

"코노논 군, 제대로 기억해야지. 다시 한번, 몸으로 기억하게 해줄까?"

"아뇨, 됐습니다……. 그런데 그게 왜요?"

"오늘부터 1박 2일로 코노논 군은 배덕 강화 합숙에 참여하게 됐어."

뭡니까, 그 수상한 합숙은.

"이제부터 이틀 동안, 코노논 군은 확실하게 배덕감을 익혀서 최고의 플롯을 만들어야 해. 미유키를 통해서 가족에게는 이미 승낙받았으니 안심해."

"그, 그런가요……. 참고로 우리는 어디로 향하는 겁니까?"

"그건 비밀!!"

아아, 무서워…….

아무래도 나는 강제적으로 변태 미스터리 투어에 참가하게 된 모양이다.

그리고, 스즈네 어머니……. 여기에 쇼타가 참가하는 의미는 있는 겁니까?

그러자 거기에서 스즈네가 다시 내 팔을 꽉꽉 잡아당기며 고개를 갸웃거렸다.

"왜 그래?"

"오빠, 오늘부터 이틀 동안, 힘든 일도 있겠지만 같이 힘내자."

힘든 일도 있는 겁니까?

매우 불안한 나를 태운 차는 내가 모르는 어딘가를 향해서 속도를 올리고 있었다.

그렇게 해서 행선지를 모르는 상태로 차는 두 시간 이상을 달렸다.

고속도로를 옮겨 타고, 더 나아가서는 차가 통째로 페리에 타고서 모르는 섬에 다다랐다. 그 후로 더 나아가 한동안 해안선 도로를 내달려서 해변 독채집 차고에서 차는 멈췄다.

그래서 여긴 어딘데.

"애들아, 도착했어. 이제 내리자."

그렇게 말하며 스즈네 어머니가 차의 엔진을 멈췄다.

엔진이 멈춰 조용해진 차 안에는 어렴풋이 불경 소리가 퍼졌고, 거기에서 나는 쇼타가 스즈네 어머니에게서 이제 이어폰을 빼도 된다고 전하지 않았다는 사실을 깨달았다.

"어머나 참……."

스즈네 어머니는 그 사실을 새삼스럽게 깨달은 듯이 쇼타의 어깨를 툭툭 두드렸다.

"왜 그래!! 엄마!!"

네가 소리 지를 필요는 없어.

그렇게 해서 쇼타도 이어폰을 빼고 전원이 차를 내렸다. 아, 참고로 내 문은 여전히 차일드 로크가 걸려 있어서 스즈네 어머니가 열어주게 되었다.

차에서 내리자 바닷바람이 콧구멍을 간질였다.

그리고 시야 한가득 펼쳐진 광경은 널따란 해원과 수평선.

음, 기분 좋다.

좋은데…….

"저기, 어머님?"

"엄마라고 불러야지?"

"아, 죄송합니다. 엄마, 여긴 어디인가요?"

"그러고 보니 류타로 군을 데리고 오기는 처음인가?"

"네, 뭐……."

스즈네 어머니는 "아아~, 좋네~"라고 말하며 기분 좋게 한동안 바다를 바라보고 나서, 바다와는 반대쪽으로 얼굴을 돌리며 눈앞에 선 독채집을 손가락으로 가리켰다.

"여긴 그이의 별장이야."

"벼, 별장이요?"

그러자 거기에서 스즈네가 내 팔에 매달렸다.

"여긴 할아버지가 세운 별장이야. 우리도 가끔 쓰고 있어."

별장을 가진 지인은 또 처음이네.

"스즈네의 할아버지는 그렇게나 부자야?"

"오빠, 날 좀 더 친밀하게 불러. 할아버지는 비너스 문고를 전개하는 출판사 사장이셔."

"그, 그렇구나……."

뭔데 그게. 충격이 너무 커서 반응을 취할 수 없다.

하지만 스즈네 어머니가 왜 이렇게나 변태에 관대한지 이유를 알았다.

명실공히 미나즈키가가 변태 가족이라는 사실이 증명된 순간이다.

"그럼 애들아, 트렁크에서 짐을 꺼내 별장으로 이동하자."

그런 스즈네 어머니의 호령에 따라 우리는 짐을 들고 줄줄이 미나즈키가 별장으로 이동했다.

그렇게 해서 우리는 쓸데없이 큰, 그리고 무엇이 들어있는지 전혀 알 수 없는 수상쩍은 짐을 들고 별장으로 이동했지만, 도중에 쇼타가 "그럼 난 이만 실례할게!!"라고 말하며 우리와는 다른 방향으로 걸어갔다.

"어? 쇼타는 별장으로 안 가?"

그러자 스즈네가 별장 옆 오두막 같은 건물을 손가락으로 가리켰다.

"구 오빠는 저기에 가나 봐."

"저긴 뭐 하는 곳인데?"

"예전에 할아버지가 세운 정신 통일용 다도실이야. 구 오빠는 저기에서 내일까지 자신을 다시 바라본대."

"그렇습니까……. 그거 쇼타에게 딱 맞는 곳이네."

쇼타가 대체 어디로 향하는지는 불명이지만, 뭐 본인이 그것으로 좋다면 나는 아무 말도 하지 않겠다.

쇼타와 이별하고, 나와 스즈네 어머니와 스즈네 셋이 별장으로 향했다.

별장 안은 뭐랄까, 그야말로 별장이라는 느낌이었다.

문을 열자 계단통 형태로 탁 트인 거대한 거실이 우리를 맞이해 주었고, 본 적도 없을 만한 거대한 텔레비전과 이 또한 본 적 없을 만한 거대한 소파가 자리 잡고 있었다.

그리고 그런 거실을 에워싸듯이 2층 부분에는 복도가 ㄷ자로 설계되어, 벽을 따라서 각 방문이 좌르르 늘어져 있었다.

"괴, 굉장하다……."

나는 혼자 어안이 벙벙해 있었지만, 미나즈키가 사람들은 익숙한 광경인 듯 딱히 반응도 없이 짐을 들고 2층으로 올라갔다. 나도 스즈네를 따라가자, 스즈네가 어느 방 앞에 발을 멈췄다.

"여기가 스즈네랑 오빠의 침실이야."

……아무래도 침실을 스즈네와 같이 쓰나 보다.

스즈네에게 이끌려 방에 들어가자, 다다미 열 장쯤 되는 공간이 나왔다. 중앙에는 킹사이즈 침대가 자리 잡고 있었다.

예상치 못했던 미나즈키가의 자산가 기질에 넋을 놓고 있으니,

그녀가 내 소매를 꽉꽉 잡아 당겼다.

"오빠, 저기 바다 좀 봐."

그녀는 창밖을 가리켰다. 아무래도 창문은 2층 데크로 이어진 모양이다. 분명 좋은 풍경이 기다리고 있겠지.

그녀를 따라온 데크에서 본 광경은 내 기대를 배신하지 않았다.

"오, 오오……."

시야에 펼쳐진 절경에 어른스럽지 못한 목소리를 흘리고 말았다.

고작 2층이지만, 이 별장은 경사면에 세워져서 상당히 높은 위치에 있다.

그 결과, 한 면에 펼쳐진 널따란 해원은 물론이거니와, 좌우 몇 킬로미터나 이어지는 모래사장이나 거기에 심어진 무수한 야자나무 등을 한눈에 볼 수 있었다.

거만한 말투이기는 하지만, 여기에 있으니 이런 풍경이 전부 나만의 것처럼 여겨져, 이루 말할 수 없는 우월감을 품었다.

그리고 무엇보다 뺨을 두드리는 이 바닷바람이라고요.

난간에 팔을 얹고서 파도 소리를 배경음악 삼아 수평선이나 거기에 떠오르는 거대한 유조선을 바라보고 있노라니, 시간의 흐름도 잊어버릴 것 같다.

평소 그다지 바다를 볼 일이 없는 나에게, 그 크고 넓은 광경은 개방감과 함께 지구가 둥글다는 사실을 실감하게 해준다.

얼마쯤 바다를 바라보고 있었을까, 스즈네가 소매를 꽉꽉 당겨서 나는 제정신으로 돌아왔다.

돌아보자 거기에는 원피스 차림을 한 스즈네의 모습이 있었다. 그녀는 오른손에 미유키의 교복이 든 종이봉투를 쥐고 있었다.

"오빠, 스즈네의 옷을 갈아입혀 줘……."

현실로 되돌아왔다.

그, 그랬었지. 우리는 딱히 별장에 놀러 온 것이 아니다.

이것은 배덕감 강화 합숙이다. 우리에게는 바다를 느긋하게 바라보고 있을 만한 여유 따위는 없다.

그러자 거기에서 스즈네가 귓가에 입술을 가져다 댔다.

"오빠, 여기에서 스즈네 옷을 갈아입혀 줄래?"

"어? 여기에서라니, 무슨 뜻인가요?"

"말 그대로의 뜻이야."

"그, 그렇구나……."

여기에서라는 말은 이 개방적인 데크에서라는 뜻인가 보다.

주위를 둘러보았다. 다행이라고 해야 할지, 이 별장은 경사면에 세워져 있어서 다른 건물보다도 시선이 한층 높다. 헬리콥터라도 쓰지 않는 한, 이쪽에서 바깥을 내려다볼 수는 있어도 바깥에서 이쪽 상황을 보기란 상당히 어려울 것 같다.

아무래도 스즈네는 그 사실도 계산에 넣고서 이런 제안을 해오는 모양이다.

하, 하지만 옷 갈아입히기라니…….

"오빠, 왜 그래? 스즈네의 옷을 갈아입혀 주지 않을 거야?"

"아, 아니, 그렇지만 그런 짓을 하면——."
"내 브래지어도 팬티도 오빠한테 보여주게 되겠지……."
"그런 거라고요……."
역시나 나에게 그것은 허들이 높았다.
"스즈네는 나한테 속옷을 보여줘도 괜찮겠어?"
스즈네여. 그건 너무 몸을 내던지는 게 아닐까?
그런 걱정을 하며 물었지만, 그런 내 말을 듣고 스즈네는 "그건, 스즈네를 배려해 주는 거야?"라고 잘 못 알아들을 소리를 되물어왔다.
"어? 뭐, 뭐 스즈네도, 나 같은 놈한테 속옷을 보이기는 싫겠지?"
나는 아마, 지극히 지당한 말을 했다고 스스로 생각했다.
하지만 스즈네는 그런 내 대답을 듣고 "스즈네, 실망했어……"라고 속삭이며 한숨을 내쉬었다.
"무, 무슨 소리야?"
"오빠, 그래서야 배덕적인 감정은 키울 수 없는데?"
아무래도 스즈네의 마음에 드는 대답은 아니었던 모양이다.
"오빠, 오빠는 여기에 배덕적인 감정을 키우러 온 거지?"
"그렇긴 한데……."
왔다고 해야 하나 끌려왔다고 해야 하나.
"오빠의 말은 얼핏 듣기에 스즈네를 생각해서 하는 말처럼 들리지만, 사실은 아니지?"
나로서는 스즈네가 무슨 말을 하는지 의미를 잘 이해할 수 없었다.

그렇지 않은 건가?

나는 스즈네가 이렇게까지 몸을 내던지는 것은 마음에 걸려서 "괜찮아?" 하고 물은 것이다.

"나는 스즈네가 부끄럽지 않게끔……."

"그게 아니지?"

"아니라니 그게 무슨……."

"스즈네의 조르기에 순순히 돕는다고 대답하기가 부끄러우니까, 보기 좋게 나를 배려하는 말투로 결단에서 도망치려고 하고 있을 뿐이지?"

"무슨…………."

확신이 담긴 말에 나도 모르게 할 말을 잃고 말았다.

부, 분명 그럴지도 모른다…….

스즈네는 그런 내 마음속을 멋지게 간파해 왔다.

"나는, 오빠의 입에서 옷을 갈아입히고 싶다는 말을 들을 때까지는, 오빠에게 옷 갈아입히게 시키지 않을 거야. 그렇지 않으면 오빠는 정말로 옷을 갈아입혀 주기 싫어?"

"…………."

아아, 곤란해……. 엄청난 기세로 몰렸어…….

장기의 첫수로 장군을 빼앗긴 것 같은 감각이다.

스즈네는 완전하게 내 마음도 약점도 꿰뚫어 보고 있다. 그런 내가 할 수 있는 선택은 스즈네의 옷을 갈아입히고 싶은지, 갈아입히고 싶지 않은지 둘뿐이다.

변태 논파를 당한 나는 잠시 할 말을 잃었지만…… 결단했다.

“스, 스즈네…….”

“오빠, 뭔~데?”

“나, 스즈네의 옷을 갈아입히고 싶어…….”

결국 나는 수치심에 절은 부탁을 입에 담게 되었다.

그런 내 말을 듣고 스즈네는 귓가에서 입을 떼더니 나를 올려다보았다. 그녀는 무언가 당돌한 웃음을 띠고 있었다.

“흐음~, 오빠는 피가 이어진 스즈네의 옷 갈아입기를 돕고 싶구나…….”

“어? 아니, 그건…….”

“예전과 다르게 서로 어른의 몸으로 성장했는데? 아무리 남매라도 고등학생이나 되어서 그런 짓을 하는 건 이상하지…….”

아, 뭔지 잘 모르겠지만 나를 엄청나게 부추기고 있어…….

아무래도 스즈네는 옷 갈아입기 전 단계에서, 이미 내게 배덕감을 품게 만들려고 하는 모양이다.

“호, 혹시나 오빠는, 친여동생을 성적인 눈으로 보고 있어?”

“…………”

“어째서 부정 안 해? 보통은 여동생을 성적인 눈으로 보거나 하면 안 되지? 그런데 오빠는 나를 야한 눈으로 보고 있어?”

아아, 엄청난 배덕감…….

이것은 스즈네 어머니가 말했던 첫 번째 배덕감.

좋아해서는 안 되는 상대를 좋아하게 되는 것이다.

나와 스즈네는 지금은 피가 이어진 남매이다. 그런 스즈네를 성적인 눈으로 보는 것은 윤리적으로 있어서는 안 되는 일.

스즈네는 그 현실을 들이밀어서 지금 나에게 배덕감을 품게 해 주고 있다.

"오빠, 어째서 스즈네의 옷을 갈아입히고 싶어? 그건 여동생을 아끼는 친절한 마음이 아니지?"

즉, 내 입으로 무엇을 어째서 하고 싶은 것인지 설명하라는 뜻인가 보다.

아무래도 배덕 강화 합숙은 내가 생각했던 것보다 더 하드 모드인 모양이다.

스즈네가 무언가 걱정스럽게 나를 바라보았다.

"선배, 여기가 분발할 부분이에요. 자신의 껍질을 부수고 한 단계 위의 플롯을 만들자고요."

스즈네는 내 플롯을 최고의 결과로 완성하기 위해 필사적이다.

류타로여. 그녀에게만 노력하게 해도 되는 거냐?

아니지? 소설을 쓰는 건 나다. 그렇다면 나 역시 문제를 바로 정면에서 마주해야만 하는 것이다.

나는 심호흡을 했다.

그러자 스즈네는 다시 소악마 모드의 당돌한 웃음을 띠었다.

"오빠, 스즈네는 오빠의 입으로 듣고 싶은데? 오빠는 왜 피가 이어진 스즈네의 옷을 갈아입히고 싶어?"

"그, 그건……."

부, 부끄러워…….

하지만 스즈네는 내가 자기 입으로 똑똑히 설명하기를 기다려 주고 있다.

그렇다면 할 수밖에 없다.

"그, 그건 스즈네의 옷을 갈아입혀서…… 그…… 스즈네의 몸을 야한 눈으로 보고 싶기 때문이야……."

으어어어어어어어어어어엇!!

그 자리에서 몸부림칠 만큼 부끄럽다.

하지만 이것이 바로 소설을 최고 걸작으로 만들기 위해서 극복해야만 하는 벽이다.

울음을 터뜨릴 것 같은 눈으로 스즈네를 바라보았다.

스즈네는 잠시 입을 다물었지만, 갑자기 또 내 귓가에 입술을 가까이 붙였다.

"흐음…… 오빠는 친여동생을 야한 눈으로 보고 싶구나. 오빠는 구제할 수 없는 변태였구나."

그리고 이런 상을 준다.

고맙습니다. 하지만 스즈네가 주는 상은 끝나지 않았다.

"오빠. 오빠와 나는 피가 이어진 남매야. 어릴 적엔 소꿉놀이를 하거나 같이 목욕하며 서로 씻겨줬지? 그때 스즈네는 오빠를 순진무구한 눈동자로 봤어. 왜냐하면 오빠가 나를 성적인 눈으로 본다고는 털끝만큼도 생각하지 않았으니까."

스즈네는 있지도 않은 과거 이야기를 하며 내 배덕감을 더더욱 부추겨 온다.

"그러니까 오빠에게서 옷을 갈아입혀 주고 싶다는 말을 들은 나는 '어째서 그런 말을 하는 걸까?' 하고 이상하게 여기지만, 그래도 '오빠가 나를 그런 눈으로 볼 리가 없어'. '오빠는 다정해서 믿을 수 있는 사람'이라고 생각하면서 그 이상한 부탁을 승낙하지."

부추긴다, 부추겨.

스즈네는 이래도 버티겠냐 할 만큼 나를 부채질해 쓰러뜨리러 한다.

"오빠를 오빠로서 정말 좋아하는 스즈네의 마음을 잔뜩잔뜩 배신해 줘."

"…………네……."

그렇게 해서 나는 그저 단순히 오빠를 생각하는 귀여운 여동생의 옷을 갈아입혀 주게 되었다.

그리고 스즈네는 오빠를 믿어 의심치 않는 순진무구한 여동생으로 변모했다.

그녀는 부끄럽다는 듯이 가슴께에 손을 대고 눈을 위로 치켜뜨고서 나를 바라보았다.

"오, 오빠……. 오빠는 그저 스즈네의 옷을 갈아입혀 주고 싶은 것뿐이지?"

그 한마디를 듣고 나는 이해했다.

아무래도 나에게 표면상으로는 그저 다정한 오빠를 연기하라고 요구하는 것이다. 서로 욕망을 감추고, 표면상으로는 그저 사이좋은 남매를 가장한다. 그런데 내 마음은 귀여운 여동생을 더럽히고 싶다는 추잡한 감정에 물들어 있다.

이것이야말로 배덕적인 감정을 더욱더 끌어올리는 스파이스이다.

아니, 난 무슨 소리를 하는 거지…….

"무, 물론이야. 나는 단순히 친절한 마음으로 스즈네의 옷을 갈아입혀 주고 싶을 뿐이니까."

단순히 친절한 마음으로 여동생의 옷을 갈아입히는 오빠는 대체 뭐 하는 사람일까?

문득 제정신이 들 것 같아지자, 고개를 가로로 내저으며 황급히 얼버무렸다.

그런 내 마음의 갈등을 치하하듯이 스즈네가 내 손을 한 번 꽉 움켜쥐었다.

스즈네의 손이 따뜻하다.

하지만 금세 그녀는 나에게서 손을 떼고서는 다시 약한 여동생 모드로 돌아갔다.

"오빠, 그럼 스즈네의 옷을 갈아입혀 줘……."

그렇게 말하기에 스즈네에게 다가갔다.

하지만 거기에서 나는 생각했다. 원피스는 어떻게 벗기면 되지?

당연하지만 나는 원피스를 입어본 적이 없다. 그래서 구조상, 원피스를 어떻게 걸치거나 벗는지 몰랐다.

그래서 일단 스즈네의 원피스를 관찰하며 옆면이나 등에 지퍼가 달렸는지 확인했다.

하지만 없었다.

“어, 어라?!”

여자의 옷 구조를 모른다는 동정스러움을 스즈네에게 드러내고 있노라니, 그녀는 “여, 여기……”라고 말하며 자기 어깨를 손가락으로 가리켰다.

“그, 그렇구나…….”

거기에서 나는 그녀의 원피스가 다소 특수한 구조라는 사실을 깨달았다.

그녀의 어깨에서 팔에 걸쳐서 끈이 몇 개쯤 달린 모양이다. 그 끈들은 마치 끈 달린 신발처럼 두 개의 천을 맞붙이고 있다. 하지만 나비매듭으로 묶인 그 끈들은 원래 그런 구조인지 매듭이 느슨해, 두 개의 천 사이에는 틈새가 있어서 그녀의 맨살이 살짝 고개를 내밀고 있다.

아무래도 이 끈을 풀면 옷은 발아래로 툭 떨어질 것이다.

그런고로 즉시 그녀의 끈에 손을 뻗었지만 “선배”라고 말하며 스즈네가 컷을 넣었다.

“왜, 왜 그래?”

“선배쯤 되는 관능 소설가님이 그저 손으로 리본을 푸는 짓은 안 하겠죠?”

“그거 말고 다른 방법이 있어?”

그 솔직한 질문을 듣고 스즈네는 "그, 글쎄요…… 그건 선배가 스스로 생각하세요"라고 말하면서도, 무언가 애가 탄다는 듯이 검지로 자기 아랫입술을 쓰다듬었다.

"그, 그렇구나……."

한없이 대답에 가까운 힌트를 듣고, 나는 이번엔 자기 얼굴을 스즈네의 어깨로 가져다 댔다.

거기에서 나는 깨달았다.

어쩐지 스즈네에게서 달콤한 향기가 난다…….

물론 스즈네의 몸에서는 보디 소프인지 샴푸인지 언제나 좋은 향기가 난다.

하지만 오늘 나는 냄새는 조금 성질이 달랐다.

무어라 표현하면 좋을지는 어려웠지만, 어렴풋하게 어른스러운 페로몬 같은 냄새가 난다.

나도 모르게 고개를 들자, 스즈네는 살짝 부끄러운 듯이 얼굴을 돌렸다.

"오빠, 실은 나, 좋아하는 사람이 있어……."

"조, 좋아하는 사람?"

"저, 정말 좋아하는 오빠한테만은 얘기할게……. 실은 나, 같은 반 남자애를 좋아해. 그래서 이제부터 나, 그 사람과 데이트하러 가……."

"그, 그렇구나……."

"오, 오빠라면 응원해 줄 거지? 나랑 그 좋아하는 사람의 연애가 잘 되기를 응원해 줄 거지?"

"…………."

과연…… 이해했다.

아무래도 이것 또한 스즈네가 정말 좋아하는 오빠를 믿고 있다는 사실을 보완하는 것이다.

자신을 여동생으로서 사랑해 주는 오빠라면 좋아하는 사람을 밝혀도 응원해 줄 것이다.

자신의 연애를 응원해 주리라고 믿어 의심치 않는 여동생을 배신한다.

오오, 어쩐지 더더욱 배덕감이 강해졌어…….

스즈네의 행동에 오싹오싹해지면서, 다시 원피스 끈으로 입술을 뻗었다. 그리고 나비매듭으로 묶인 끝 끄트머리를 입에 물고는 천천히 끈을 잡아당겼다.

"응, 으응……."

스즈네는 한숨과 함께 몸을 움츠렸다. 오른쪽 어깨의 가장 바깥쪽 리본이 풀려서, 맞붙어 있던 두 장의 천이 살짝 해방되어 천이 살짝 홀랑 들쳐졌다.

으엇?!

그 결과, 스즈네의 팔이 더욱더 노출됐다.

"오빠…… 부끄러워……."

"괘, 괜찮아……. 남매니까 보여줘도 부끄럽지 않잖아?"

설마 스스로 이 마법의 말을 쓰는 날이 올 줄은 몰랐다.

"그, 그렇지……. 딱히 야한 눈으로 보는 건 아니지?"
"그, 그래……."
"그럼 부끄러워해서는 안 되겠지……."
"마, 맞아."
아아, 죄가 무거워…….
귀여운 여동생 스즈네가 이렇게나 나를 믿어준다.
그런데…… 그런데 나란 놈은 무슨 눈으로 스즈네를 보고 있는 거냐…….
하지만 그런 여동생의 마음을 짓밟는 것이 이번에 나에게 주어진 미션이다.
마음을 독하게 먹고서 변태 오빠가 되어 다시 끈을 풀어 나갔다.
끈을 풀면 풀수록 원피스 천은 중력에 따라서 벗겨졌다.
벗겨지면 벗겨질수록 노출되는 스즈네의 맨살.
정신을 차리니 그녀의 원피스 끈은 양 사이드 어깨의 리본을 하나씩 남겼을 뿐이었다.
조급해지는 마음을 억누르면서, 우선은 왼쪽에 있는 리본으로 입술을 뻗었다.
그리고 천천히 끈을 잡아당기자, 끈이 풀려서 그녀의 원피스가 크게 대각선으로 벗겨졌다.
"으엇?!"
그 결과, 스즈네의 왼쪽 가슴 부분이 노출되었다.
내 눈에 비친 것은 스즈네의 매끈매끈한 맨살과 가슴을 덮은 하이비스커스.

하이비스커스?

예상 밖의 광경에 나는 눈을 휘둥그레 떴지만, 금세 그 하이비스커스의 정체가 뭔지 깨달았다. 수영복이다.

아무래도 그녀는 원피스 아래 비키니 수영복을 입고 있었던 모양이다. 그 사실을 깨달은 내가 나머지 한쪽 끈에도 재빠르게 입을 뻗어서 풀자, 중력에 따라서 원피스가 털썩 스즈네의 발치에 떨어졌다.

그 결과, 내 눈앞에는 비키니 차림을 한 스즈네가 모습을 드러냈다.

"오, 오빠…… 어때?"

"어? 아, 아아……. 무지 잘 어울려……."

뭐랄까 생각했던 광경과는 달랐지만, 이건 이것대로 무척 좋다.

그런 스즈네를 본 나는 그녀가 얼굴뿐만이 아니라 온몸이 빈틈없이 미소녀라는 사실을 뼈저리게 깨달았다.

태양 빛을 살짝 반사하는 반들반들한 쇄골에, 새빨간 하이비스커스를 꽃 피운 가슴께에는 또렷한 계곡이 생겨 있다.

잘록한 허리와 귀여운 배꼽, 더 나아가서 매끈하고 긴 다리에 이르기까지 전부 미소녀였다.

눈앞에 펼쳐진 그라비아 표지 같은 광경을 바라보고 있노라니, 스즈네는 내 가슴에 매달려 왔다.

아아, 가슴이 대단해……. 평소 이상으로 가슴이 가깝게 느껴진다.

졸도할 뻔한 나에게 매달리면서 그녀는 나를 올려다보았다.

"오빠, 이 합숙에서 오빠가 열심히 하면 같이 바다에서 놀자?"

열심히 하겠습니다!!

스즈네의 비키니 차림을 눈에 새겨넣은 나는 눈앞에 대롱대롱 달린 당근을 노리며 달리는 말처럼 힘차게 질주하겠다고 마음속으로 맹세했다.

"오빠, 스즈네의 세일러복은 어쩔까?"

그 후로 5분쯤에 걸쳐서 나는 스즈네에게 세일러복을 입히는 데 성공했다.

뭐랄까, 생각했던 것 이상으로 힘들었다.

매일같이 미유키의 세일러복 차림을 배알하던 나지만, 치마 하나도 지퍼 위치나 벨트 채우는 법을 몰라서 무척이나 고생했다.

그 사이에도 스즈네의 입 공격은 멈추지 않는다.

"오빠, 남매끼리 이런 일은 역시 이상해……."

"나, 난, 오빠를 믿어……."

"시, 싫어……. 거긴 민감해……."

등등, 남김없이 나는 배덕감에 차오르게 되었다.

하지만 그 고생의 결과, 소환하는 데 성공한 세일러복의 스즈네(SSR)였다.

아까 전 비키니 모습도 좋았지만, 이건 이것대로 정취가 있어서 좋다.

감색 옷깃을 남긴 순백의 반소매 세일러복은 스즈네의 마음에 있을 리 없는 청초함을 연출하고, 단단히 하루카 길이로 조정된 감색 치마에서는 농염한 넓적다리가 뻗어 있다.

하지만 그 이상으로 나를 놀라게 한 점이 있었다.

“오빠, 잠깐만 기다려 줘.”

옷을 다 갈아입은 스즈네는 나에게 그렇게 말하더니, 사이드테일 머리카락을 내리고 머리 고무줄을 입에 물었다. 그녀는 미리 팔에 감아뒀던 또 하나의 머리 고무줄을 손에 들더니 머리카락을 뒤에서 정성스럽게 두 가닥으로 모았다.

그리고 정신을 차리자, 스즈네는 양 갈래머리를 하고 있었다.

“조금은 하루카 같아졌을까…….”

“아니, 오히려 하루카보다 하루카 같아.”

자신도 무슨 말을 하는지 모르겠지만, 어쨌거나 스즈네는 마치 소설에서 튀어나온 건가 하고 걱정될 만큼 하루카 티가 났다.

평범한 양 갈래라면 이렇게까지 감동하지는 않았을지도 모르지만, 스즈네는 역시나 제일가는 독자이다.

폭신한 양 갈래머리는 뒤쪽이 아니라 어깨에서 앞으로 늘어뜨리듯이 조정되어 있다.

원작 그대로잖아…….

실사 영화가 원작 팬으로부터 혹평받는 일이 많은데, 스즈네에 관해서는 원작의 좋은 부분을 더욱더 세련되게 만들어서 나에게

120점의 답변을 제시해 주었다.

스즈네는 잘하는 아이.

혼자 감동하고 있노라니 그녀는 내 손을 잡았다.

"오빠, 방으로 돌아가자."

그렇게 말하기에 나는 스즈네의 손에 이끌려서 방으로 돌아갔다.

음, 푹신푹신해.

그렇게 고급 침대의 착석감에 감동하고 있노라니, 발아래에서 스즈네가 수수께끼의 거대한 가방을 뒤지기 시작했다.

"스즈네?"

"아, 잠깐만 기다려 줘……."

스즈네는 그렇게 대답하더니 가방에서 상자 같은 물건을 꺼내 들고는 방에서 나가 버렸다.

하지만 금세 방문을 두드렸다.

"오, 오빠……. 들어가도 돼?"

문밖에서 귀여운 목소리가 들려온다.

그런 스즈네의 말을 듣고 또 무언가가 시작되었다는 사실을 이해했다.

"응, 들어와."

그렇게 대답해 주자 문이 천천히 열렸다.

여전히 세일러복 차림을 한 스즈네가 방으로 들어왔다.

그 모습에서는 오빠의 방에 들어오는 것에 대한 긴장감 같은 것이 있어서, 그녀의 공들인 역할 만들기에 감탄했다.

그녀는 안절부절못하는 기색으로 방을 두리번두리번 둘러보더니, "오, 오빠……"라고 말하며 나를 불렀다.

"왜, 왜 그래? 스즈네."

"이, 있잖아……. 오랜만에 오빠랑 같이 놀고 싶어서……."

"놀고 싶다고?"

그 귀여운 제안은 뭐지?

그런 그녀는 아까 그녀 자신이 꺼내든 상자를 가슴에 끌어안고 있었다. 그 상자는 피자 상자처럼 얄팍했다.

"스즈네…… 그 상자는 뭐야?"

"이 게임, 예전에 오빠랑 같이했었지?"

"게임?"

스즈네는 내 곁으로 다가와서는 상자를 내밀었다.

나는 그 게임이 무엇인지를 이해했다.

"트윈 스타 게임?"

"맞아. 벽장 안쪽에 넣어두었던 걸 아까 우연히 발견했어. 그랬더니 갑자기 그리워져서 오빠랑 또 같이 놀고 싶더라."

갸륵함을 멋지게 연기하는 스즈네의 말을 듣고, 나도 모르게 있을 리도 없는 기억의 문이 열릴 뻔했다.

그나저나 트윈 스타라…….

이 게임은 룰렛을 돌려서 바늘이 가리킨 색으로 지정된 몸 부분을 매트의 같은 색 칸에 대는 게임이다. 그리고 먼저 엉덩방아를 찧는 쪽이 진다.
참 스즈네다운 선택이다.
이 게임은 물론 게임으로서도 재미있지만, 그 이상의 방법으로 즐길 수 있는 게임이다.
이를테면 여자애와 플레이할 경우, 룰렛이 가리키는 장소에 따라서는 터무니없이 무리한 자세가 되고 만다.
때에 따라서는 상대와 밀착하거나, 치마 속이 보일 법한 상황이 온다.
굳이 말하자면 이 게임은 그쪽 방면을 기대하고 플레이하는 사람이 많은 것 같다.
"오빠, 나랑 하자."
무언가 오해를 낳을 것 같은 말투였다.
그런 식으로 조르듯이 말하면 거절할 남자는 없다.
"좋아."
나도 예외는 아니므로 두말하지 않고 대답하자, "그러면 준비할게"라고 말하며 스즈네는 기쁜 듯이 상자에서 매트를 꺼내서 바닥에 펼치기 시작했다.
그렇게 룰루랄라 기분인 스즈네를 바라보면서 나는 문득 생각했다.
어쩐지 평범하네…….
아니, 남녀 둘이 트윈 스타를 하는 것은 평범한 윤리관으로 따지자면 상당히 파렴치하다고 생각하지만, 유감스럽게도 스즈네에게 평범한 윤리관 따위는 통하지 않는다.

어쨌거나 눈앞의 소녀는 변태 실 전화나 변태 학습법 등, 내 간담을 쏙 빼놓을 만한 다양한 변태 행위를 짜내왔던 변태 연금술사이다.

그런 그녀가 평범하게 트윈 스타를 하자는 제안을 나에게 해 올까…….

한 가닥의 불안을 품으면서 스즈네를 바라보고 있노라니, 그녀는 "준비 다 됐어"라고 말하며 미소 지었다.

"그럼 오빠가 먼저 룰렛을 돌려."

나에게 바늘 달린 룰렛 보드를 건네왔다.

당연하게도 룰렛에는 색깔과 신체 부위가 적혀 있다.

뭐, 뭐어 일단 해볼까…….

그렇게 해서 곧바로 룰렛을 돌려 보았다.

바늘은 빙글빙글 기세 좋게 룰렛 위에서 돌아, 서서히 기세를 떨어뜨리며 '노란색 오른손' 칸 위에서 멈췄다.

스즈네는 룰렛을 확인하더니 나에게서 등을 보이듯이 매트 위에 섰다.

왜 등을 보이지?

그녀는 나에게 등을 보인 채, 그대로 몸을 앞으로 숙이듯이 바닥으로 손을 뻗어서 노란색 칸에 오른손을 댔는데…….

"스, 스즈네?!"

나는 거기에서 그녀가 나에게 등을 보인 이유를 이해했다.

맙소사…… 맙소사…….

내 눈앞에는 절경이 펼쳐졌다.

아까도 말했던 대로, 스즈네는 앞으로 몸을 숙이듯이 노란색 칸을 만졌다.

그리고 그녀는 나에게 등을 보이고 있다.

그 결과, 그녀가 앞으로 몸을 숙이게 되어서 하루카 길이로 맞춘 치마가 위로 올라가, 내 눈앞에 스즈네의 허벅지가 크게 노출되고 말았다.

그녀가 치마 엉덩이 부근을 손으로 누름으로써 최종 방위 라인을 단단히 지켰지만, 그것 또한 좋다.

살짝 벌어진 양다리 사이에서 그녀가 얼굴을 엿보이고 있었다.

거꾸로 뒤집힌 얼굴에는 뚜렷이 부끄러움이 남아 있어서, 그것이 더더욱 내 흥분의 속도를 높였다.

"스, 스즈네…… 이거 대단해……."

"오빠…… 이 자세 부끄러워……."

"하지만 이거 대단해……."

우리는 변태 촌극을 벌였지만, 게임을 계속 진행해야만 한다.

그런고로 이번에는 내 차례이다.

스즈네 대신 스스로 룰렛을 돌리려고 바늘에 손을 댔지만…….

응? 잠깐만…….

"저기 있잖아, 스즈네."

"뭔~데?"

"이거, 게임이 진행되면 누가 룰렛을 돌려?"

나는 의문점을 깨달았다.

지금은 아직 게임이 막 시작됐으니까, 스즈네의 룰렛을 내가 돌려줄 수 있지만, 게임이 진행되면 나도 스즈네도 손이 막히고 만다.

그때 대체 누가 룰렛을 돌리면 좋을까?

그 근본적인 문제점에 스즈네는 웃는 얼굴을 무너뜨리지 않았다.

"우리가 하는 건 미나즈키가의 로컬 룰을 따르니까 괜찮아."

"로컬 룰은 어떻게 되어 있는데?"

그 불온한 단어는 뭐지. 굉장히 불길한 예감만 드는데…….

"처음에는 오빠가 내 룰렛을 계속 돌리는 거야. 그래서 있지, 내 양손과 양발이 막혔을 때 이번에는 오빠용 특별 룰렛을 돌려줘야 해."

스즈네, 로컬이 좀 심하지 않니?

하지만 그런 내 불안도 아랑곳하지 않고, 스즈네는 "일단 계속해 보면 알아"라고 말하며 나에게 룰렛을 돌리라고 재촉했다.

일단 스즈네의 말을 믿고서 게임을 다시 시작하기로 했다.

다시 룰렛을 돌렸다.

연이어서 룰렛을 돌리자, 그녀는 발과 손을 재주 좋게 움직이며 다소 무리한 자세를 취하면서도 칸을 만지고 있었다.

일곱 번쯤 룰렛을 돌렸을 때, 정신을 차리자, 스즈네는 나에게 정면을 향해 있었……지만.

"스즈네, 대단해……."

그녀는 터무니없는 자세가 되어 있었다.

스즈네는 매트 위에서 다리를 M자 형태로 구부리며 쭈그려 앉아 있었다.

그녀는 자세가 버거운지 힘들어 보이는 표정이었지만, 팬티를 보이지 않게끔 치마를 누르듯이 오른손으로 녹색 칸을 만지고 있었다.

뭐 속은 수영복이지만…….

"오빠……. 부끄러우니까 그렇게 뚫어지게 쳐다보지 마……."

"어? 미, 미안……."

그렇게 말하며 고개를 돌리자 "여, 역시 봐줘……"라는 말을 들어서 다시 스즈네에게로 고개를 향했다.

그리고,

"그럼 다음은 오빠 차례야. 오빠용 룰렛을 돌려줘."

마침내 내 차례가 돌아온 모양이다.

스즈네는 그렇게 말하며 트윈 스타 상자로 시선을 향했다.

아무래도 나에게 적용되는 룰렛은 이 상자에 들어 있는 모양이다.

발치에 굴러다니던 상자를 열자 스즈네의 말대로 안에는 룰렛 같은 물건이 들어 있었다.

나는 상자에서 룰렛을 꺼내 들어 보았지만 무언가 이상하다.

“스즈네, 이 룰렛에는 아무것도 안 적혀 있는데?”

그 룰렛은 백지였다. 바늘은 달려 있기는 하지만, 바늘이 어디를 가리킨다 해도 거기에는 아무것도 적혀 있지 않다.

“오빠, 자세히 봐.”

스즈네의 그런 말을 듣고 보드를 자세히 보고는 깨달았다.

아무것도 적혀 있지 않다고 생각했던 새하얀 룰렛에는 새하얀 마스킹 테이프 같은 것이 붙어 있었다.

“룰렛 결과는 돌리고 나서 확인할 즐거움이야.”

“무섭네…….”

“두근두근하지?”

“………….”

그렇다고 한다.

그럼, 이 테이프에 숨겨진 부분에는 대체 무엇이 있는 것일까?

마음속으로 불안을 느끼면서도 룰렛을 돌렸다.

룰렛은 잠시 기세 좋게 돌다가 멈췄다.

“그럼 들춰봐.”

스즈네가 바늘이 가리킨 부분의 테이프를 들춰보라고 재촉하길래 들춰보았다.

『스즈네를 부채로 부채질한다.』

그렇게 적혀 있었다.

“이게 뭐야……?”

“그대로 하면 돼. 부채는 상자 안에 들어 있으니까 그걸 써.”

"그렇구나……."

그 이해할 수 없는 지령에 고개를 갸웃거리면서도 상자를 다시 들여다보자, 부채가 들어 있었다.

근데 음…… 생각보다 큰데.

직경 50cm는 되어 보이는 커다란 부채였다. 이걸로 스즈네를 부치면 되는 걸까.

곧바로 부채질해 보자, 나는 이 지령의 의도를 이해했다.

"……이건?!"

"오, 오빠, 치마가?!"

당연하게도 부채가 크면 그만큼 바람도 강해진다. 부채로 부채질하자 스즈네의 치마에 바람이 불면서 옷자락이 팔락팔락 흔들렸다.

하지만 스즈네는 만만치 않다.

"시, 싫어……."

그렇게 말하면서 치마를 필사적으로 손으로 억누르고 있었다.

이 변태 플레이는 뭐지……?

스즈네는 갑작스럽게 덮쳐오는 돌풍에 뺨을 새빨갛게 물들이면서도 치마를 억눌렀다.

그녀는 당장이라도 울음을 터뜨릴 것 같은 얼굴로 나를 바라보고는 "오빠…… 왜 그렇게 심술궂어?"라고 말하며 배덕감을 부추겨 왔다.

"오빠, 그만해……."

"미안."

손을 멈췄다.

"그, 그만두지 마……."

"네……."

그렇게 해서 부채질을 다시 시작하자 스즈네는 "싫어…… 오빠 부끄러워……"라고 말하며 명목상 싫어하는 의사 표시를 다시 드러냈다.

그런 스즈네에게 부채질하면서 나는 문득 생각했다.

이 게임은 어떻게 해야 끝나는 거지? 끝이 있긴 한가?

한순간 그런 근본적인 의문이 머릿속에 떠올랐지만, 금세 생각해봤자 소용없다는 사실을 깨닫고서 무심하게 스즈네에게 부채질했다.

한동안 스즈네의 치마를 걷어 올리려고 필사적으로 부채질해댔지만, 스즈네의 치마는 철벽이라서 결국 수영복을 배알하기 전에 내 팔이 지치고 말았다.

"하아…… 하아…… 팔이 아파서 더는 못 하겠다."

손에서 부채를 떨어뜨리고서 퉁퉁 부은 팔을 억누르자 스즈네는 "내 팬티를 못 봤으니, 나에게 1포인트 들어가"라고 말하며 승리를 선언했다.

포인트 방식이었냐.

제1회전은 내 패배로 끝났다.

스즈네가 "그럼 또 오빠의 룰렛을 돌려줘"라고 말하기에 룰렛을 돌렸다.

다음으로 바늘이 가리킨 문자를 들추자, 거기에는 이렇게 적혀 있었다.

『스즈네의 스타킹을 찢는다.』

이건 또 뭐야.

그 지령에 담긴 진의를 확인하고자 스즈네를 보자, 스즈네는 부끄럽게 얼굴을 돌리며 "적힌 대로 하면 돼……"라고 대답했다. 진짜 찢으란 뜻인가보다.

"……어떻게?"

지금 스즈네는 스타킹을 신지 않았다.

그러자 스즈네는 "다리를 만져 봐"라고 도발적인 말을 했다.

"괜찮겠어?"

"나, 남매니까 부끄럽지 않지……."

정말 편리한 말이야…….

빰 언저리를 새빨갛게 물들이며 그런 말을 해도 전혀 설득력이 없지만, 만지고 싶지 않은가 하고 물으면 그렇지는 않다.

나는 스즈네의 발치로 이동하고는 스즈네의 장딴지로 머뭇머뭇 손가락을 뻗어 보았다.

손가락에 느껴지는 까슬까슬한 감촉.

검지와 엄지로 스즈네의 피부를 꼬집어 보려고 하자 얇은 스타킹 천이 잡혔다.

아하, 뭔가 있긴 했군.

"오빠, 찢어……."

스즈네가 소망하기에 즉시 스타킹을 찢기로 했다.

"실례하겠습니다……."

먼저 양해를 구하고 스타킹을 양손으로 잡아 천천히 좌우로 잡아당겼다.

찌익찌익 하는 소리와 함께 얇은 스타킹 사이에서 스즈네의 맨살이 드러났다.

"으응…… 오빠……. 어째서……."

그런 나를 마치 오빠에게 배신당한 여동생처럼 눈물이 그렁그렁한 눈으로 바라보는 스즈네.

"오, 오빠를 위해서 찢기 쉬운 스타킹으로 골랐어……."

아무래도 스즈네는 찢는 쪽에 대해 배려도 할 수 있는 여자애인가 보다.

나는 무사히 스타킹을 찢었다.

"이러면 나한테 1포인트가 들어오는 건가?"

스즈네는 어째서인지 나에게서 얼굴을 돌리고서 고개를 가로로 내저었다.

"어? 아니야?"

고개를 갸웃하자 스즈네는 당연하다는 듯이 매트에 앉았다.

아, 참고로 평범한 트윈 스타는 이 시점에서 스즈네의 패배이다.

스즈네, 게임이 이래도 돼?

하지만 이 트윈 스타는 로컬 룰이니까 문제없나 보다.

그녀는 당연하다는 듯이 매트에 엉덩방아를 찧더니 무릎을 끌어안고 앉았다.

그리고 어디까지나 나에게 팬티가 보이지 않게끔 치마를 누르면서 나에게 허벅지를 보여주듯이 치마를 들쳤다.

대체 뭘까, 불길한 예감이 든다.

스즈네는 "오, 오빠……"라고 중얼거리고는 자기 허벅지를 손가락으로 가리켰다.

"……거기가 뭐?"

"여기도……."

"어디?"

"여기……."

그렇게 전처럼 허벅지를 손가락으로 말랑말랑 찔렀다.

역시 허벅지였던 모양이다.

"여기 스타킹을 찢으면 오빠에게 100포인트 들어가."

스즈네, 게임이 이래도 돼?

하지만 이것은 기회이기도 하다.

과연 이 게임에 승리해서 얻는 것이 있는지 묻는다면 아무런 대꾸도 할 수 없지만, 어쨌거나 기회다.

스즈네여…… 찢기 쉬운 스타킹이라니, 곤경에 처한 적을 도와준 꼴이구나.

내게 필요한 건 용기뿐이다.

"그럼 간다?"

스즈네가 고개를 끄덕였다.
나는 스즈네의 허벅지로 천천히 손을 뻗었다.
손가락에는 까슬까슬한 감촉과 그 너머로 느껴지는 스즈네의 체온.
"으응…… 오빠, 간지러워……."
"미안해, 조금만 참아."
"알았어. 스즈네, 오빠를 위해서 참을게……."
스타킹을 두 손가락으로 조심스럽게 집고는 곧바로 스즈네의 허벅지 부분의 스타킹을 찢으려 했는데…….
"응?"
스타킹을 붙잡자, 내 손에 정체 모를 액체가 방울져 떨어졌다.
손가락에 묻은 투명한 액체에 시선을 보낸 순간, 내 손가락에서 스타킹이 빠져나갔다.
"이, 이게 뭐야?!"
붙잡을 수 없어!! 스즈네의 스타킹을 붙잡을 수 없다고!!
고개를 들자, 그녀의 오른손은 무언가 벌꿀이라도 들어 있는 것 같은 투명한 병을 쥐고 있었다.
"스즈네, 이건 또 뭐야……?"
"미끌미끌한 거야."
"미끌미끌한 거?!"
아무래도 스즈네는 내 손에 미끌미끌한 것을 떨어뜨린 모양이다.

그 미끌미끌한 것 때문에, 스타킹을 붙잡으려고 해도 금세 손가락에서 스타킹이 빠져나가 버린다.

아니, 이게 뭔……. 갑작스러운 기습 공격이다.

곤혹스러워하면서 필사적으로 스타킹을 잡으려 하고 있노라니, 스즈네가 내 귓가에 입술을 가져다 댔다.

"오빠가 지면, 오빠가 나를 모델로 관능 소설을 쓰고 있다는 사실을 미유키에게 말할 거야."

지옥이다…… 그것은 미끌미끌 지옥이다.

그저 스즈네의 스타킹을 찢기만 할 뿐이었는데, 갑자기 최고난도 미션으로 변모했다. 실패하면 인생이 끝장난다.

나는 필사적으로 스즈네의 허벅지에 덤벼들었다. 하지만 스즈네가 든 병에서 나오는 미끌미끌한 액체 탓에 도저히 붙잡을 수 없다. 액체는 계속 흘러내려 매트에 미끌미끌한 물웅덩이를 만들기 시작했다.

이대로는 진다. 머리를 쓰는 거야, 류타로. 이런 시시한 일을 위해서, 자기 머리를 풀 회전시키는 거야.

나는 한번 스타킹에서 손을 떼고는 눈을 감았다. 그런 나에게 스즈네가 "오빠" 하고 말을 걸어왔다.

하지만 지금은 대답할 여유가 없다.

생각하고 또 생각하고 생각해 나간다……. 그 결과, 나는 한 가지 답을 손에 넣었다.

"이거다!!"

눈을 부릅떴다.

나는 한 번 허벅지에서, 처음 스타킹을 찢었던 장딴지로 눈길을 향했다.

"오빠…… 그쪽이 아닌데?"

여전히 고개를 갸웃거리는 스즈네를 내버려 두고, 나는 장딴지로 손을 뻗었다.

손가락으로 스즈네의 장딴지를 더듬어 대자, 아까 내가 뚫은 스타킹 구멍을 찾아냈다.

여기다.

나는 매트의 미끌미끌 물웅덩이를 만져서 굳이 내 손가락을 미끌미끌하게 만들었다.

"오빠, 뭐해?"

"스즈네, 미안."

"어? 우왓?! 자, 잠깐, 오빠?!"

나는 스타킹 구멍으로 손을 넣었다. 윤활유를 손에 넣은 내 손은 쓰륵쓰륵 스즈네의 맨살과 스타킹 틈새를 미끄러져 들어간다.

이것이야말로 내가 생각해 낸 기발한 책략이다.

손에 미끌미끌한 게 들러붙은 이상, 새로이 스타킹을 찢기란 불가능하다.

하지만 이미 뚫린 구멍에서 스타킹 안쪽으로 침입할 수는 있다.

침입한 구멍에서 그녀의 허벅지를 노려서 팔을 침공해 나가 허벅지 안쪽에서 스타킹을 격파한다!!

"자, 잠깐, 선배, 간지러워요!! 시, 싫어……."

기 기발한 책략에 스즈네는 자신이 여동생 역할을 연기하고 있다는 사실도 잊고서 부끄럽다는 듯이 내 손을 누르려고 했다.

하지만 미끌미끌해진 내 팔을 멈추지 못한 채, 그대로 팔은 허벅지에 도달했다.

그리고.

찌익찌익.

그런 소리가 방에 울려 퍼졌다.

내 손은 안쪽에서 스타킹을 찢어, 스즈네의 스타킹에 새로운 터널을 개통시켰다.

"서, 선배……. 하아…… 하아……."

스즈네는 치마를 필사적으로 누르며 스타킹을 찢은 내 손을 바라보았다.

"제, 제가 졌어요……."

이겼다……!

나는 트윈 스타 게임에 승리했다.

대체 뭘까……. 이 배덕 강화 합숙에 참가한 후 아직 조금밖에 시간이 지나지 않았는데, 내 몸은 비명을 지르고 있다.

플롯에 필요한 배덕감과 맞바꿔서, 내 체력과 정신력은 이미 한계에 가까워지고 있다는 자각이 든다.

이럴 바에야 옆에 있는 오두막에 간 쇼타와 둘이 경문을 베끼는 편이 즐거울지도. ……아니, 이건 이것대로 위험한 짓이다.
그렇게 해서 나에게 도망칠 곳은 없었다.
변태 트윈 스타 게임이 끝난 후, 넋을 놓고 있던 나는 갈증을 느꼈다.
"스즈네."
나는 매트 위에 나처럼 뻗어 있던 스즈네에게 말을 걸었다.
"왜, 오빠?"
"목이 좀 마른데, 이 근처에 자판기 있어?"
"거실에 주스가 있을 거야. 엄마한테 물어봐."
그렇다고 하니 나는 스즈네를 놔두고서 변태 방을 뒤로했다.
스즈네의 말대로 복도에 나가자 정장 차림을 한 스즈네 어머니가 소파에 앉아 있는 것이 계단통 너머로 보여서 1층으로 내려갔다.
"어머, 코노논 군이잖아? 어리광 부리러 왔니?"
"아닙니다."
소파에 앉은 스즈네 어머니에게 말을 걸다가 문득, 거실에 거대한 TV에서 뭔가 나오고 있는 걸 깨달았다.
그 화면을 본 순간, 나는 얼굴에서 핏기가 쓱 가셨다.
"저, 저기…… 어머님?"
"코노논 군, 엄마라고 불러야지?"
"죄송합니다……. 엄마…… 거기에 비치는 건 뭔가요?"
"뭐냐니 보는 그대로인데?"

거대 텔레비전에 비치는 건…… 바로 나와 스즈네였다.

화면에 비친 나는 무리한 자세로 쭈그려 앉은 스즈네의 치마를 커다란 부채로 부치고 있었다.

아까 내가 했던 짓이다.

아니, 대체 왜…….

"어, 엄마……?"

"응?"

"왜 저와 스즈네의 영상이 나오고 있는 거죠?"

"그야 촬영했으니까 그렇지."

"아니, 이게 무슨……."

아무래도 나와 스즈네는 도촬 당했던 모양이다. 어디에서 어떤 카메라로 도촬했는지는 모르겠지만, 고해상도로 선명하게 비치고 있었다.

할 때는 몰랐는데, 화면의 나는 스즈네의 치마를 기쁜 얼굴로 부채질하고 있었다.

와아, 죽고 싶다.

음침 캐릭터 고등학생이 거칠게 콧김을 내뿜으며 후배의 치마에 부채질하는 모습을 바라보면서, 나는 진심으로 그렇게 생각했다.

그러자 거기에서 나는 소파에 앉은 스즈네 어머니가 스케치북 같은 물건을 무릎 위에 놓아둔 것을 깨달았다.

"뭐 하시는 건가요?"

"뭐냐니, 스즈네와 코노논 군을 그리고 있어."

…….

전혀 영문 모를 전개에 곤혹스러워하면서도 스케치북을 바라본 나는 간 떨어지게 놀랐다.

"어? 그림 실력이 뛰어나시네요?"

"그러니? 근데, 나는 한참 멀었어."

내가 꺼낸 칭찬의 말을 듣고, 스즈네 어머니는 살짝 쑥스러운 듯이 웃음을 띠었다.

귀여워.

하지만 지금은 그녀의 귀여움에 넋을 잃을 때가 아니다.

뭐랄까 스즈네 어머니의 뛰어난 일러스트 실력은 상궤를 벗어나 있다. 이건 그림을 좀 잘 그리는 일반인의 영역을 아득히 뛰어넘었다. 나와 스즈네가 아까 변태 방에서 펼쳤던 행위를 훨씬 더 스릴 넘치게, 그리고 에로틱하게 묘사하고 있다.

"아니, 그렇게 잘 그리시는데, 한참 멀었다고 하시는 건 지나친 겸손 아닐까요?"

이미 프로의 실력이다.

그 예상 밖인 스즈네 어머니의 화력에 어안이 벙벙해 있노라니, 그녀는 "코노논 군도 참, 칭찬해도 아무것도 안 나와"라고 말하고 뺨을 붉히며 스케치북을 소파 위에 놓았다.

그리고 내 곁으로 다가오더니 "코노논 군, 앉으렴"이라고 명령해 왔다.

일단 "멍!!" 하고 짖고서 그 자리에 쭈그려 앉자, 그녀는 나에게 더욱더 접근해 왔다. 그 결과, 스즈네 어머니의 치맛자락과 거기에서 뻗어 나온 농염한 넓적다리가 눈앞에 나타났다.

야해…….

"코노논 군, 엄마의 치마를 살짝 들춰보렴."

"어, 엄마…… 역시나 장난이 지나치신 게 아닌지?"

스즈네 어머니는 무언가 장난스러운 웃음을 띠며 내를 내려보았다.

"그럼 코노논 군은 엄마의 치마를 들춰보고 싶지 않니?"

"아니, 그야……."

"하지만 코노논 군의 얼굴에는 '치마를 들춰보고 싶다'라고 쓰여 있는데?"

"…………."

하고 싶지 않을 리가 없다.

이런 야한 넓적다리가 눈앞에 있는데, 성적 욕망에 시달리지 않을 남자가 있을까?

그렇게 해서 유혹에 진 나는 스즈네 어머니의 옆트임이 들어간 치마로 손을 뻗었다. 그때 스즈네 어머니의 넓적다리에 살짝 손이 닿자, 스즈네 어머니는 "으응……"이라고 야한 숨결을 흘렸다.

아아, 위험해, 위험해……. 정신이 나가 버릴 것 같아…….

나는 필사적으로 자제심을 유지하면서 스즈네 어머니의 치마

를 잡고 서서히 올렸다. 하지만 스즈네 어머니의 치마는 살짝 타이트해서 쉽게 들리지 않았다.

그래도 어떻게든 치마를 끌어 올리자, 그녀의 넓적다리에 가터링이 감겨 있었고, 거기에 명함이 꽂혀 있었다.

아무래도 명함은 여기가 홈 포지션인 모양이다.

일단 스즈네 어머니의 넓적다리에 의해 미지근해진 명함을 빼내서 보았다.

『일러스트레이터 뮤우뮤우』

명함에는 그렇게 적혀 있었다.

이건 또 뭐야.

멍하니 명함을 바라보고 있노라니, 스즈네 어머니가 내 눈앞에 쭈그려 앉아서 나를 바라보았다.

명함에서 시선을 끄트머리로 향하자, 쭈그려 앉은 스즈네 어머니의 치마 속에 노란색 팬티가 보인다.

"코노논 군은 야하구나."

"네? 아, 죄송합니다."

"하지만 유감이야. 코노논 군이 보고 있는 건 팬티가 아니라 수영복인데?"

그래도 충분히 가치가 있다.

아, 아니 스즈네 어머니의 수영복을 볼 때가 아니다.

"뮤우뮤우란 게 뭔가요?"

"네~에!! 이번 코노논 선생님의 일러스트를 담당하게 된 뮤우

뮤우야. 코노논 선생님, 잘 부탁해."

"이, 일러스트 담당이요?!"

"맞아. 담당 편집자로서도 일러스트레이터로서도, 코노논 군의 작품을 있는 힘껏 지탱해 줄게."

OH…… NO…….

나는 미나즈키가와의 관계가 또 하나 깊어졌다.

대체 왜지? 왜 내가 몸을 움직이면 움직일수록 미나즈키가와의 관계가 단단해져 가는 거지?

"코노논 군, 앞으로도 잘 부탁할게?"

"…………네."

그렇게 해서 생각지도 못한 형태로 담당 일러스트레이터님과 대면하게 되었다.

그 정보량 과다에 머리가 터질 것 같아지자, 그녀는 내 뺨을 쿡쿡 찔러왔다.

"코노논 군은 여기에 마실 걸 찾아서 온 거 아니야?"

"네? 아, 그랬죠."

어떻게 아는 거지……?

그 사이코메트러 스즈네 어머니에게 고개를 갸웃거리고 있노라니, 그녀는 거대 TV를 손가락으로 가리켰다.

"그렇군요."

아무래도 우리의 행동은 스즈네 어머니에게 고스란히 새어나간 모양이다. 하지만 뭐 얘기는 빠르다.

"뭔가 마실 것은 있나요?"

솔직하게 요망을 입에 담자, 스즈네 어머니는 일어서서 소파로 돌아갔다. 그리고 자기 옆을 손으로 툭툭 두드렸다.

"코노논 군, 이리 오렴."

"아니, 저는 마실 것을――."

"됐으니까 이리 오렴."

그런고로 나 또한 스즈네 어머니 옆에 앉았다. 그녀는 눈앞의 테이블에 놓인 유리잔을 손에 잡았다.

유리잔에는 멜론 소다인지, 황록색 액체와 거기에 빨대가 두 개 꽂혀 있었다.

"그럼 마시자."

스즈네 어머니는 빨대 중 하나에 입술을 대고서 고개를 까딱했다.

아무래도 나도 마시라는 뜻인가 보다. 나머지 한쪽 빨대에 입술을 대고서 주스를 쪽쪽 빨자, 스즈네 어머니는 무언가 기분 좋게 웃음을 띠었다.

귀여워…… 그리고 얼굴이 가까워.

생각했던 것과는 다르지만, 목을 적시는 데 성공했다. 그렇게 해서 목적을 달성한 나는 방으로 돌아가고자 소파에서 일어나려 했지만, 스즈네 어머니가 내 손을 잡고서 그것을 저지했다.

"어, 엄마…… 왜 그러시나요……?"

"좀 더 여기서 느긋하게 있자."

"하지만, 방에서 스즈네가 기다리고 있는데요……."

딱히 방으로 돌아가고 싶은 것은 아니지만, 여기에 계속 눌러앉아 있으면 위험하다고 뇌가 경종을 울리고 있었다.

그래서 거실을 떠나려고 했지만, 그녀는 내 팔을 단단히 붙잡은 채 웃는 얼굴을 끊이지 않는다.

아아, 어쩐지 무서워…….

"그런 계집애는 아무래도 좋잖아? 엄마랑 단둘이 즐거운 일을 잔뜩 하자."

"어, 엄마……. 대체 무슨 폭언을……."

나는 친딸을 계집애 취급하는 스즈네 어머니의 말을 듣고 정신이 아득해졌지만, 그녀가 붙잡은 손을 꽉 잡아당겨서 강제적으로 다시 자리에 앉게 되었다.

스즈네 어머니는 내 귓가에 입술을 가져다 댔다.

"코노논 군, 배덕 강화 합숙은 순조롭니?"

"예, 뭐어…… 덕분에……."

"그래, 그건 잘됐구나. 하지만 코노논 군, 엄마는 코노논 군에게 세 가지 배덕적인 감정을 키워 달라고 말했었지?"

"그렇죠……."

"하지만 아까 전부터 첫 번째만 하고 전혀 다른 배덕감을 키우지 않는다고 생각지 않아?"

확실히.

나는 아까 전부터 스즈네에게 지겨울 만큼 배덕적인 감정이 부추겨졌다.

하지만 그것은 주로 첫 번째 배덕감, 좋아하게 되어서는 안 되는 여동생을 야한 눈으로 보는 부분에 한정된 것 같은 기분이 든다.

"다음은 두 번째 배덕적인 감정을 키우자."

"그, 그렇지만 어떻게……."

고개를 갸웃거리고 있노라니, 스즈네 어머니는 내 귀에서 얼굴을 떼고 2층으로 고개를 향했다.

"스즈네~!! 들리니~?"

그런 스즈네 어머니의 목소리가 거실에 울려 퍼지고, 잠시 후에 변태 방의 문이 열렸다. 당연하게도 모습을 드러낸 사람은 스즈네이다.

그녀는 아래층에 있는 우리를 보더니 "엄마, 왜 그래?"라고 물으며 고개를 갸웃거렸다. 스즈네 어머니가 그런 스즈네에게 손짓하자 그녀는 신기하다는 듯이 1층으로 내려왔다.

우리가 앉은 소파 앞까지 다가온 스즈네는 왜 자신을 부르는지 모르는 모양이다.

뭐, 그야 그렇겠지……. 왜냐하면 나도 모르니까.

그렇게 해서 둘이 사이좋게 고개를 갸웃거리고 있노라니, 스즈네 어머니가 일어서서 스즈네의 앞에 섰다.

"엄마?"

"스즈네, 잠시 오른손을 내밀어봐."

그런 스즈네 어머니의 요망을 듣고 스즈네는 입을 떡 벌리면서도 오른손을 내밀었다.

스즈네 어머니는 그런 스즈네의 오른손을 잡더니 그녀의 손목에 수갑을 채웠다.

““어?””

나와 스즈네는 동시에 소리를 내며 눈을 휘둥그레 떴다.

어? 어떻게 된 거지?

그 영문 모를 전개에 얼떨떨해하고 있노라니, 스즈네 어머니는 스즈네의 팔을 등 뒤로 돌려서 나머지 한쪽 팔에도 수갑을 채웠다.

“어, 엄마…… 어떻게 된 거야?”

그야 그렇다.

역시나 스즈네라 해도 갑자기 어머니가 자신에게 수갑을 채우리라고는 생각지 않았으리라.

스즈네는 곤혹스러움과 슬픔이 담긴 표정으로 어머니를 바라보았지만, 스즈네 어머니는 여전히 기분 좋게 웃음을 되돌리더니 스즈네의 발을 걸어서 바닥에 그녀를 넘어뜨렸다.

“스즈네, 미안하지만 거기에서 얌전히 엄마와 코노논 군이 야한 짓을 하는 걸 보고 있으렴.”

아무래도 스즈네 어머니는 지금부터 나에게 야한 짓을 하려는 모양이다…….

터무니없는 다음 회 예고를 받았다.

"저, 저기…… 어머님, 뭘 하시는 겁니까?"

"코노논 군, 스즈네의 다리에 수갑을 채우렴."

그렇게 말하며 스즈네 어머니는 주머니에서 또 하나의 수갑을 꺼내 들더니 나에게 건넸다.

"아니, 어째서요……?"

당연한 의문을 입에 담자, 스즈네 어머니는 살짝 불만스럽게 뺨을 부풀렸다.

아, 귀여워…….

"코노논 군, 여기까지 해도 아직 모르겠니? 이건 두 번째 배덕감이야."

"네? …………앗……."

그, 그렇구나…….

둔감한 나는 새삼스럽게 스즈네 어머니의 의도를 깨닫고 말았다.

스즈네 어머니는 나에게 스즈네를 배신하라고 말하는 것이다.

두 번째 배덕감, 이것은 좋아하는 사람을 배신하고 다른 사람과 친밀해지는 배덕감.

스즈네 어머니는 스즈네를 배신하고 자신과 친밀해지라고 말하는 것이다.

확실히 두 번째 배덕감을 채우기 위해서는, 스즈네 어머니의 이 강경한 방식이 상당이 유효하다.

그렇지만…… 그렇지만, 역시 스즈네를 배신 하는 것은 내 무언가가 거부 반응을 드러낸다.

"어서, 빨리하렴……."

스즈네 어머니가 재촉해 온다.

하지만 역시나 "네, 그렇습니까" 하고 수갑을 채울 만큼 나는 악인이 아니다.

"이런 건 역시 좋지 않은 게……."

"오빠, 빨리 해."

"어? 어어?"

나는 스즈네의 마음을 생각해서 망설였……을 텐데, 당사자인 스즈네가 나를 재촉했다.

"스즈네…… 대체 왜……."

어째서인지 자신을 구속하라고 말하는 스즈네에게 시선을 보내자, 그녀는 뺨을 새빨갛게 물들인 채 조르듯이 나를 바라보았다.

아, 그렇구나……. 이 작자들 공범이다.

아무래도 이 작자들은 둘이 나에게 배덕감을 심어줄 마음이 만만인 모양이다.

"어서, 코노논 군, 하는 거야."

"오빠, 해줘."

그렇게 해서 어째서인지 피해자일 스즈네도 재촉해서, 나는 마음을 비우고 수갑을 한 손에 들고서 스즈네의 발밑에 쭈그려 앉았다.

"오, 오빠…… 그만둬……."

수갑을 채우려고 했을 때 스즈네가 부끄러움을 모르고서 이런 말을 해온다.

하지만 그 눈동자에는 그렁그렁 눈물이 맺혀서, 진심으로 배신당한 여동생을 연기하고 있었다.

이렇게나 태세 전환이 대단하다.

스즈네의 발을 붙잡자 어쩐지 매끈매끈하고 생생하다. 아무래도 아까 전 미끌미끌한 액체가 아직 묻어 있는 모양이다.

그렇게 해서 스즈네의 바람대로 그녀의 발목에 수갑을 고정해 주자, 스즈네 어머니가 소파 아래에서 밧줄을 꺼내 들고는 손목의 수갑과 발목의 수갑을 연결하듯이 묶었다.

스즈네가 새우처럼 몸을 둥글게 뒤로 젖힌 자세 완성이다.

야해…….

손목의 자유를 빼앗긴 스즈네는 애벌레처럼 몸을 꿈틀거려서 조금 귀엽다.

그런 스즈네를 곁눈질하며 스즈네 어머니를 보자, 그녀는 무언가 대담한 웃음을 띠었다.

"좋아, 이로써 방해꾼은 사라졌네. 스즈네, 너한테 코노논 군은 아까워. 엄마랑 코노논 군이 야한 짓을 하는 모습, 손가락을 깨물고서 보렴. 아, 하지만 수갑을 찼으니까 물 수 없나? 키득키득."

"엄마…… 이런 건 너무해……."

스즈네 어머니 또한 희희낙락 악녀를 연기하는 모양이다.

둘 다 즐거워 보여서 참 다행입니다.

대체 뭘까, 이 모녀는. 배우를 목표로 하는 편이 좋지 않나?

그런 생각을 하고 있노라니, 스즈네 어머니는 새우처럼 몸을 뒤로 둥글게 젖힌 스즈네의 얼굴 앞에 쭈그려 앉더니 스즈네의 머리를 다정하게 쓰다듬었다.

"스즈네."

"뭐, 뭔데……."

"스즈네, 넌 자기가 가장 코노논 군에게 힘이 되어줄 수 있다, 자기 말고는 자신의 역할을 수행할 수 없다고 생각하는 게 아니니?"

"무, 무슨 소리야?"

"그 자만심은 자기 몸을 망칠걸? 정말로 자기가 코노논 군에게 가장 필요한 존재인지, 곰곰이 다시 생각해 보렴."

스즈네 어머니는 무언가 의미심장한 말을 하더니 "코노논 군, 잠시 거기에서 착하게 있으렴"이라는 말을 남기고서 혼자 안쪽 방으로 모습을 감췄다.

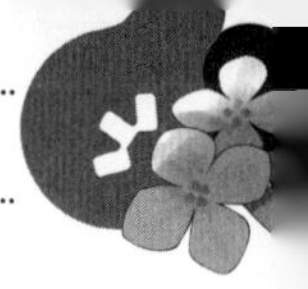

그 후로 5분쯤 시간이 지났다. 그 사이, 당연하게도 나와 새우는 거실에 둘이 남겨졌다.

스즈네 어머니는 대체 무엇을 꾸미는 걸까……?

좀처럼 돌아오지 않는 그녀에게 일말…… 아니, 백말의 불안을 품으면서 기다리고 있노라니, 발밑에 있는 변태 새우가 말을 꺼냈다.

"엄마…… 너무해애……."

아아, 재미있어.

아마도 스즈네는 이제부터, 이 거실에서 무엇이 펼쳐지는지를 알고 있을 것이다.

그 증거로 표면상으로는 불안하게 눈썹을 팔자로 늘어뜨리고 있지만, 뺨은 빨개졌고 어쩐지 눈빛도 흥겨워하고 있다.

"오빠."

"뭐, 뭡니까……."

"엄마의 유혹에 지지 마. 스즈네는 오빠를 믿고 있으니까."

"어, 그래……. 노력할게……."

그렇게 스즈네와 표면적인 대화를 나누고 있노라니, 마침내 문 열리는 소리가 들리길래 나와 스즈네가 동시에 문 쪽으로 고개를 돌렸지만…….

"아니…………."

문에서 나온 여성을 본 나는 내 눈을 의심했다.

"스, 스즈네……?"

문에서 나온 사람은 스즈네였다.

구체적으로 말하자면, 평소 입는 블레이저 교복을 몸에 걸친 스즈네였다. 그리고 머리카락은 어느 날인가 내가 선물했던 코스모스 머리핀이 달려 있었다.

"서, 선배…… 오래 기다리셨죠……."

방에서 나온 스즈네는 뺨을 붉은색으로 물들이며 안절부절못하는 기색이다.

아니, 어떻게 된 거지…….

나는 황급히 발아래 있는 새우에 시선을 떨어뜨렸다. 거기에는 여전히 미유키의 세일러복을 몸에 걸친 전 스즈네, 현 새우가 뒹굴고 있다.

그렇다면 말이다…….

그렇다면 저기에서 스즈네의 얼굴을 하고, 뺨을 물들이고 있는 사람은 스즈네 어머니라는 게 된다.

전부터 스즈네와 스즈네 어머니는 많이 닮았다고 생각했지만, 이렇게 스즈네의 교복을 걸친 스즈네 어머니는 스즈네 그 자체이다.

블레이저의 가슴은 진짜와 마찬가지로 부풀어 있고, 하루카 길이로 조정된 치마에서는 나이가 느껴지지 않는 농염한 넓적다리가 뻗어 있다.

아니, 완성도가 너무 높잖아…….

그 너무나도 높은 완성도에 나도 모르게 할 말을 잃고 있노라니, 스즈네 어머니는 평소의 생글생글한 얼굴로 돌아와서는 내 곁으로 뛰어왔다.

그리고.

"선배, 좋아해, 좋아해!!"

그렇게 말하며 나를 꼬옥 끌어안았다.

아아, 이거 위험해…….

가까이에서 보니 스즈네 어머니는 역시 스즈네 어머니이다. 실제 연령은 모르지만, 나이에 비해 젊은 외모인 것만은 확실하다.

구체적으로는 20대 전반쯤 되는 누나로 보인다.

즉 내 눈에는 20대 전반의 누나가 여고생 코스프레를 하는 것처럼 보인다. 그리고 그 살짝 다 숨기지 못한 코스프레 느낌이 어쩐지 그런 가게 느낌을 자아내고 있어서 오히려 배덕적인 마음이 든다.

"코노논 군…… 실수를 저지를 것 같아?"

저질러 버릴 것 같으니까 슬슬 풀어 주시겠습니까…….

살짝 어른스러운 누나의 교복 모습이라는 새로운 성의 경지에 다다를 뻔하고 있노라니, 스즈네 어머니는 마침내 나에게서 몸을 떨어뜨렸다.

그리고 발밑에 있는 본가 스즈네에게 시선을 향했다.

"스즈네, 엄마의 교복 차림은 어떠니?"

그런 스즈네 어머니의 말을 듣고 본가는 "그, 그건……"이라고 말하며 살짝 분한 듯이 스즈네 어머니에게서 시선을 피했다.

"엄마…… 남의 것을 훔치면 안 돼……."

미유키의 세일러복을 훔치라고 나에게 명령했던 여자애가 무슨 말을 하는 거냐.

"스즈네, 소중한 건 누가 훔쳐 가지 않게끔 제대로 주의해 두어야만 해."

그런 두 사람을 차가운 눈으로 바라보면서 나는 소박한 의문을 품었다.

"저기…… 어머님?"

"스즈네라고 불러야지?"

"아니, 그건 아니겠죠……."

아무래도 그녀는 스즈네를 흉내 낼 생각인 모양이다.

아니, 정말로 멀찍이서 보면 한순간 구별이 되지 않을 수준으로는 흉내 낼 수 있겠지만…….

"왜 그런 차림새를 하고 계시나요?"

귀엽다고 생각하기는 하지만, 나로서는 스즈네 어머니가 일부러 스즈네의 교복을 몸에 걸치는 의도를 알 수 없었다.

"아까 말했잖니. 코노논 군에게 두 번째 배덕감을 철저히 가르치기 위해서야."

"아니, 그거랑 교복에 무슨 관계가……."

"나는 이래 보여도 귀엽잖아?"

"분하지만 그러네요……."

"교복을 입으면 여고생으로 보이지 않을 것도 없다고 생각해. 게다가 겉모습도 스즈네랑 똑같잖아?"

"그것도 분하지만 그러네요……."

그리고 변태인 점도 쏙 빼닮았습니다.

"즉 내가 스즈네가 되면, 이제 스즈네는 필요 없지? 나는 코노논 군의 담당 편집자이고, 담당 일러스트레이터이고, 앞으로는 엄마랑 코노논 군 둘이 야한 짓을 잔뜩 하면서 소설을 만들어 나가자?"

그, 그렇구나…….

그렇게까지 말하자 나는 간신히 스즈네 어머니의 말에 담긴 의도를 이해했다.

그러자 거기에서 새우처럼 몸을 둥글게 뒤로 젖힌 스즈네가 "어, 엄마, 잠깐만 기다려!!"라고 외쳤다.

"그, 그런 건 너무해……. 선배는 내 장난감이야……."

"오늘까지 코노논 군을 위해서 열심히 애썼구나. 하지만 앞으로 코노논 군은 나만의 장난감이야."

아니, 어느 쪽의 장난감도 아니에요.

이 두 사람에게서 장난감처럼 휘둘려 온 건 부정할 수 없지만, 이래 봬도 나에게도 일단 인권이 있다고요.

모르실 수도 있겠지만, 저도 일단 생물입니다.

스즈네는 소중한 장난감을 빼앗긴 것 같은 표정으로 분하다는 듯이 입술을 깨물고 있다.

하지만 그런 스즈네 어머니는 그런 스즈네를 무시하고서 나에게로 고개를 돌렸다.

"코노논 군, 스즈네는 코노논 군의 창작에 필요한 존재야?"

"네? 그, 그야 물론이죠."

그런 건 당연하다.

내가 소설 사이트에서 1위를 획득한 것도, 서적화에 도달할 수 있었던 것도, 전부 스즈네 덕분이라고 나는 생각한다.

내 창작 활동에 스즈네는 필요불가결하다. 아니, 원래는 스즈네의 협력 따윈 없었지만, 스즈네가 잔뜩 변태로 만들어 준 지금 와서는 스즈네 없이 관능 소설을 쓰기란 불가능하다고 말해도 과언은 아니다.

"꼭 필요한 존재입니다."

그래서 그것만큼은 자신 있게 입에 담을 수 있었다.

그런 내 말을 듣고 발밑의 새우가 "서, 선배……"라고 말하며 살짝 놀란 듯이 눈을 크게 떴다.

하지만 그런 내 말에도 개의치 않고 스즈네 어머니의 표정은 무언가 수상쩍었다.

"입으로는 그렇게 말을 하지만 그게 정말일까?"

"정말이에요. 스즈네가 없으면 저는 아직 햇빛을 보지 못한 채 남몰래 웹소설을 쓰고 있었을 테고요."

"믿을 수 없네. 다들 입으로는 그렇게 말하지만, 그런 남자에

한해서 다른 여자가 슬쩍 추켜올려 주면 금세 흔들리고 말아."
스즈네 어머니…… 무슨 말씀을 하시는 겁니까?
그리고 그건 스즈네 어머니의 경험담입니까?
"코노논 군에게, 스즈네는 소설을 쓰는 데 정말로 필요한 존재야?"
"그건 정말……."
잔뜩 변태 트로피도 꺼내주셨고요.
그러자 거기에서 스즈네 어머니는 무언가 장난스러운 웃음을 지으며 내 턱을 손가락으로 쓰다듬었다.
"그럼, 나를 상대로 스즈네보다 더 흥분하면 안 되겠지?"
"아니, 무슨 말씀을 하시는지 도통……."
어쩐지 억지로 영문 모를 방향으로 유혹당하는 기분이 든다.
그러자 거기에서 내 발끝에 무언가가 닿았다. 눈길을 떨어뜨리자, 스즈네가 턱으로 내 발끝을 톡톡 두드리고 있었다.
"스즈네?"
"선배, 정말로 선배의 소설에 제가 필요하다면, 엄마를 상대로 저를 상대할 때보다 더 변태가 될 리 없겠죠?"
"어, 아, 그야 물론……."
"만약 선배가 엄마를 상대로 저를 상대할 때보다 더 변태가 되면, 저는…… 평생 선배를 경멸할 거예요……."
스즈네 어머니가 내 팔을 붙잡았다.
"코노논 군, 그럼 시작하자. 만약 나를 상대로 스즈네를 상대할 때보다 흥분해버리면, 그런 경박한 남자애하고는 평생 스즈네를 놀게 해주지 않을 테니 조심하렴."

아, 그렇구나…….

지금 두 사람은 나를 엄청나게 부추겨서, 나에게 엄청나게 배덕적인 감정을 심고 있어…….

어쩐지 두 사람의 의도가 서서히 보이기 시작했다.

아무래도 두 사람은 지금, 엄청난 기세로 나에게 스즈네를 배신할 수 없는 상태를 만들고 있다.

나는 스즈네가 연기하고 있다는 사실을 깨달았다. 그런 상태에서 스즈네 어머니와 알콩달콩했다고 쳐도, 진정한 의미에서는 배덕감을 품을 수 없다.

어쨌거나 스즈네는 일부러 나와 스즈네 어머니를 붙여놓으려고 하니까.

하지만 나는 스즈네 어머니에 의해 스즈네보다 더 소설가로서 힘이 될 존재는 없다고 선언했다. 그 선언으로 인해 나는 스즈네야말로 최강의 도우미라는 사실을 증명해야만 하는 것이다.

그런데 스즈네를 배신하고 스즈네 어머니를 상대로 흥분하면, 배덕감은 끝이 없어지고 만다.

더 나아가서는 스즈네 어머니를 상대로 스즈네를 상대할 때보다 더 흥분하면, 평생 스즈네하고는 못 만날 테고 스즈네에게서도 평생 경멸당한다는 협박까지 받았다.

스즈네에게서 경멸당하기는 싫다.

『선배가 그런 경박한 사람일 줄은 몰랐어요. 끔찍해…….』

스즈네는 그런 말을 하며 눈물을 머금고 나에게 따귀라도 때리는 것일까?

그건 그것대로 상을 주는 것 같은 기분도 들어…….

아니, 그렇지는 않아!!

그건 그것대로 매력적이기는 하지만 그에 수반해서 스즈네에게 미움받기는 싫고, 스즈네와 더는 못 만나게 되는 일은 있을 수 없다.

"코노논 군, 자신이 없으면 도망쳐도 돼. 어차피 코노논 군은 입만 산 남자애라고 생각하기는 하겠지만, 평생 만나서는 안 된다는 심한 말은 안 할 테니까."

"선배, 도망쳐도 돼요. 그 경우 선배를 경멸하지는 않겠지만, 여태까지처럼 선배에게 변태적인 일은 이제 안 할지도 몰라요……."

어쩐지 교묘하게 내 퇴로가 차단되어 간다.

각오를 다질 수밖에 없는 모양이다.

지지 마라, 류타로!! 이런 싸구려 도발에 굴하면, 평생 미나즈키가의 웃음거리가 될 거라고!!

"아, 알았어요!! 해보겠어요!!"

어쩐지 두 사람의 손바닥 위에서 놀아나는 것 같기도 하지만, 걸어온 싸움에서 도망칠 만큼 나는 나약한 인간이 아니라는 걸 두 사람에게 과시해 주겠다.

그런 내 선전 포고를 듣고 스즈네 어머니는 "역시나 코노논 군,

힘껏 스즈네를 슬프게 하지 않게끔 노력하렴"이라고 말하며 대담하게 웃었다.

공은 울렸다.

스즈네 어머니가 어떤 공격을 걸어올지 일단 상황을 지켜보자.

마음을 방어하면서 그녀를 바라보고 있노라니, 스즈네 어머니는 무언가 뺨을 붉히며 나에게 한 걸음 다가왔다.

"서, 선배……."

"뭔가요, 어머님."

"서, 선배의 소설을 위해서라면, 저를 잔뜩 야한 눈으로 봐도 좋아요……."

으엇?!

스즈네 어머니는 갑자기 스즈네로 변신했다.

부끄러워하면서도 터무니없는 말을 입에 담는 가짜 스즈네.

스즈네 어머니가 내지른 잽이 내 코에 직격했다.

귀여워……. 나도 모르게 스즈네 어머니의 말에 가슴이 콩닥콩닥 뛸 뻔했지만 황급히 고개를 가로로 내저었다.

"흐음, 코노논 군은 이 정도로는 만족 못 하는구나? 그럼 이건 어떨까?"

스즈네 어머니는 그렇게 말하며 내 양어깨를 붙잡고서 밀기 시작했다. 그대로 내 몸을 뒤로 떠밀어 거실 벽까지 몰아넣었다.

벽까지 오자 스즈네 어머니는 내 어깨에서 손을 떼고서 이번에는 벽에 손을 댔다.

벽치기라는 것이다.

아니, 왜 벽치기를 당한 거지? 스즈네 어머니가 하는 수수께끼의 행동에 눈을 휘둥그레 뜨고 있노라니, 갑자기 허벅지에 무언가가 닿는 감각을 느꼈다.

문득 눈길을 떨어뜨리자, 스즈네 어머니는 내 양다리 사이에 자신의 무릎을 끼워 넣고서, 자신의 넓적다리와 내 넓적다리를 부비부비 문질렀다.

힘 조절이 절묘하다.

너무 강하지도 않고 너무 약하지도 않고, 허벅지라는 민감한 곳을 매끈매끈한 다리로 쓰다듬어 오는 스즈네 어머니.

아, 이거 엄청 야해…….

"어머머? 코노논 군, 혹시 야한 기분이 들어버렸니?"

무지막지 야한 기분이 들었어요…….

거기에서 스즈네가 무언가 슬픈 눈동자로 바라보았다.

"서, 선배……. 혹시 엄마를 상대로 흥분해 버린 건가요?"

아아, 엄청난 배덕감…….

스즈네의 슬퍼 보이는 눈빛을 받으면서도, 나는 스즈네 어머니의 문질문질 공격에 허릿심이 쫙 빠지고 말 것 같아졌다.

하지만 여기에서 본심을 입에 담으면 지는 것이다.

"따, 딱히 흥분 같은 건 안 했어요……."

입술을 깨물고서 표정을 억눌러 감췄다.

하지만 상대는 스즈네 어머니이다. 당연하게도 이 정도로 봐

줄 리도 없다.

“코노논 군, 내 치마를 봐보렴.”

“네? …………아니?!”

거기에서 나는 깨닫고 말았다. 스즈네 어머니가 내 양다리 사이에 무릎을 넣은 결과, 스즈네 어머니의 치마는 동시에 내 다리에 의해 안쪽으로 밀려들어 가 있다.

내 다리는 의도치 않게 스즈네 어머니의 치마를 밀어 넣어서, 조금이라도 다리를 앞으로 내밀면 내 넓적다리는 스즈네 어머니의 소중한 곳에 닿고 만다.

아아, 무섭다, 무서워…….

아주 조금 유혹에 지기만 해도 일이 커져 버리는 이 아슬아슬한 상황에, 저도 모르게 숨을 삼켰다.

아, 안 돼. 긴장을 풀면 스즈네를 배신하고 말 것 같아…….

“코노논 군, 꽤 제법인데. 아주 조금 다시 봤어.”

내가 아슬아슬한 상태라는 사실을 깨닫지 못한 것인지, 그녀가 나에게서 몸을 떼었기에 가까스로 자제할 수 있었다.

후우…… 위험했어…….

이마에 밴 땀을 닦고 있노라니, 스즈네 어머니는 또 대담한 웃음을 띠었다.

“키득키득. 이렇게 간단히 이겨 버리면 재미없겠지?”

“으…………”

내 마음을 꿰뚫어 본 모양이다. 그러고서 그녀는 아슬아슬한 상황에서 몸을 뗐다.

이것이 실력의 차이이다. 그녀는 당장이라도 이길 수 있는 상대를 일부러 봐주며 즐기고 있다.

아무래도 나는 터무니없는 상대와 싸우고 있는 모양이다…….

아아, 대단해……. 스즈네 어머니 대단해…….

5분 후, 내 머릿속에는 배덕감으로 가득 찼다. 그 후, 나는 가슴을 들이민 스즈네 어머니에게 끌어안기거나, 쪽쪽이를 물고서 옹알옹알하거나, 반대로 내 타액이 묻은 쪽쪽이를 스즈네 어머니가 물고서 옹알옹알하는 등, 이 방면 저 방면으로 변태의 홍수를 일으켜 왔다.

솔직히 말하겠다.

진작에 스즈네 어머니에게 흥분되었다.

애당초 나는 이미 스즈네에게 철저히 조련 받은 것이다. 어지간한 일로는 흥분하고 만다.

그래서 하다못해 표정만은 숨기고서, 흥분한다는 사실을 들키지 않게끔 버티고 있었다.

하지만 이것이야말로 담당 편집자인 스즈네 어머니의 노림수였다는 사실도 동시에 이해한다.

참으면 참을수록, 배덕감에 의해 흥분하고 만다.

스즈네에 대한 미안함이 속도를 더해갔다.

그래도 스즈네가 해주는 "힘내세요!!", "엄마에게 지면 안 돼요!!"라는 응원으로 계속 버텼다.

냉정히 생각해서 친구의 어머니가 나에게 변태 행위를 해오고, 그 딸이 나를 응원한다는 터무니 없이 카오스적인 상황이라고…….

그런 생각을 하면서도 흥분하고 있노라니, 정신을 차리자 나는 바닥에 드러누워 있었다.

그리고 그런 내 넓적다리에 올라타듯이 스즈네 어머니가 앉아 있었다.

"코노논 군."

"뭐, 뭔가요?"

"슬슬 본격적으로 나서도 될까?"

"으…………."

거, 거짓말이겠지…….

아무래도 스즈네 어머니는 아직 봐주고 있었던 모양이다. 그녀의 여유로운 표정이 그것은 단순한 허세가 아니라는 사실을 증명한다.

스즈네 어머니는 아연실색하는 나를 어쩐지 기쁘게 바라보면서 블레이저 주머니에 손을 넣었다. 그런 그녀를 바라보고 있노라니 그녀는 주머니에서 손바닥 사이즈의 투명한 봉투를 꺼내 들었다.

"코노논 군, 이게 뭔지 알아?"

그렇게 말하며 스즈네 어머니는 봉투를 내 앞으로 팔랑거렸다.

"그, 그건……."

"코노논 군의 소설에 적혀 있었지? 이거, 스즈네가 생각한 거겠지?"

"…………."

비닐봉지에 들어 있었던 것은 사탕이었다.

나는 그 사탕을 본 기억이 있었다.

아, 그거 전에 스즈네가 만들어 왔던 건데…….

봉투에는 사탕이 두 개 들어 있었다. 그리고 그 사탕은 실로 이어져 있다.

변태 실 전화이다…….

스즈네 어머니는 봉투에서 변태 실 전화를 꺼내 들더니 그 한쪽을 내 입 속에 넣었다.

그 순간, 입 안에는 달콤한 풍미가 퍼졌다.

아무래도 사탕은 스즈네 어머니가 손수 만든 모양인데, 둥근 형태이기는 했지만, 깔끔한 구체는 아니라 타원형이다.

그보다 무엇보다 달콤해…….

그녀는 상당한 양의 설탕을 퍼부은 모양이라서 지나치게 달 지경이다.

그런 생각을 하면서 사탕을 핥고 있노라니, 스즈네 어머니는 내 얼굴을 들여다보듯이 얼굴을 가져다 대더니 나머지 한쪽 사탕을 자기 입에 머금었다.

그녀는 드리워진 머리카락을 귀에 걸고는 늘어져 있던 실을 팽

팽하게 당겼다.

이로써 변태 통화를 할 수 있는 상태가 되었다.

그나저나 길이가 짧아…….

스즈네 어머니가 준비했던 실 전화의 실은 고작 10cm 정도이다. 당연하게도 실이 짧으면 짧을수록 진동이 뚜렷이 상대에게 전해진다.

그러자 그때 스즈네 어머니는 입 속에서 사탕을 할짝 핥았다.

"으응……."

아아, 위험해……. 이거 위험해…….

"왜 그러니? 벌써 항복할 셈이야?"

"아뇨, 그렇지는 않은데……."

"그러니? 그럼 좀 더 공격한다?"

스즈네 어머니는 그렇게 말하기가 무섭게, 입 속에서 사탕을 핥기 시작했다. 혀끝으로 사탕을 할짝할짝하거나, 일부러 사탕에 이를 대어 보는 등, 스즈네 어머니의 입 속의 움직임이 손에 잡힐 듯이 전해진다.

솔직히 위험해…….

정말로 위험……하기는 하지만, 나는 이렇게 생각했다.

이래서는 스즈네와 마찬가지 아닌가?

분명 스즈네 어머니의 진심은 여태까지와는 뭔가 좀 다르다. 하지만 나는 이미 스즈네에게 이 변태 실 전화 동정을 떼였다.

스즈네 어머니의 혀 놀림은 스즈네에게는 없는 경험이 느껴졌지만, 나를 함락시킬 만큼 대단하지는 않았다.

그렇게 생각하자 신기하게 여유가 생겨난다.

그런 기세등등한 말을 하고 있지만, 스즈네 어머니가 하는 일은 스즈네의 카피다. 카피 그대여서야 스즈네의 변태성에는 이길 수 없다.

"있잖아, 코노논 군, 이대로면 결판이 안 날 것 같지 않니?"

그러자 그때 스즈네 어머니가 그런 질문을 해왔다.

"그러게요."

확실히 그렇다.

그보다 애당초 이 게임은 제한 시간이 없기 때문에, 설령 내가 계속 버틴다고 해도 스즈네 어머니는 무한히 계속 공격할 수 있는 것이다.

한편 나로서는 어떻게 해야 스즈네 어머니를 이길 수 있는지 없는지 알 수 없으니 상당히 불리한 싸움을 강요당하고 있다. 제한 시간을 설정해 두지 않으면 반드시 지고 만다.

"그럼 어느 한쪽의 사탕이 사라질 때까지라고 정하면 어떨까?"

"저는 그걸로 좋아요."

"그럼 결정됐네."

그런 스즈네 어머니의 말을 듣고 나는 승리를 확신했다.

분명 스즈네 어머니의 입 공격은 무시무시했고, 이 이상 다른 수를 쓴다면 언젠가는 패배를 만끽하게 되고 만다.

하지만 아까도 말했듯이 나는 이 변태 실 전화는 처음이 아니다.

이것을 계속한다고 해도, 나는 어떻게든 버틸 수 있을 것 같은 기분이 든다.

"아, 참고로 깨부수는 건 안 돼."

"저는 그런 비겁한 수는 쓰지 않아요. 정정당당하게 싸우겠습니다."

"어머나, 지금의 코노논 군, 조금 멋져……."

스즈네 어머니는 그렇게 말하며 살짝 뺨을 붉혔다.

귀여워…….

하지만 스즈네 어머니는 또 금세 웃음을 띠더니 내 손을 잡았다. 그리고 내 손을 실로 옮기고는 "여기를 좀 집어 봐"라고 말하기에 실을 집어보았다.

실은 살짝 촉촉해져 있었다.

"사탕을 핥으면 아무래도 입 안에 타액이 고이게 돼. 이대로 가면 실을 타고서 코노논 군의 입에 내 타액이 들어가 버릴 것 같아……."

"그, 그건 곤란하군요……."

역시나 타액 교환은 곤란해…….

이거 이제 실질적으로 스즈네 어머니와 나누는 딥키스잖아.

손가락을 이용해 실의 촉촉한 상태를 확인해 보았다.

음, 아직 내 입에 도달할 때까지 시간이 걸릴 것 같다. 스즈네 어머니가 의도적으로 내 입에 타액을 흘리지 않는 한 사탕이 먼저 사라질 것 같은 기분이 든다.

좋았어, 이겼군.

승리를 확신한 나는 사탕을 열심히 혀로 굴리며 녹이기로 했다.

나는 할짝할짝 사탕을 핥았지만 격렬하게 핥으면 핥을수록 눈 앞에 있는 스즈네 어머니의 표정이 점차 관능적으로 변했다.

"으응…… 싫어……. 코노논 군, 격렬해……."

야해…….

위험해, 위험해. 스즈네 어머니가 몸부림치는 모습을 바라보고 있노라니, 하마터면 흥분을 얼굴에 드러낼 뻔했다.

하지만 여기에서 굴복하면 모든 것은 물거품이다. 게다가 난 앞으로 스즈네와의 밀회도 걸려 있다. 뭐가 어떻게 되든 질 수는 없다.

그런고로 나는 필사적으로 사탕을 녹였지만, 무지 밝히는 표정을 띠었던 스즈네 어머니가 갑자기 웃음을 띠었다.

"코노논 군…… 달콤해……."

"아니, 지나치게 달아요……."

사탕에 설탕을 너무 많이 넣어서 머리가 아파지기 시작할 것 같다.

"그게 아니야. 코노논 군이 달콤하다고 말하는 거야."

아무래도 사탕의 맛 이야기는 아닌가 보다.

"코노논 군은 이 승부에 이겼다고 생각하지?"

"허세 부리시는 건가요?"

"키득키득…… 과연 어떨까……. 키득키득……."

무언가 여유로운 표정을 짓는 스즈네 어머니.

이 여유는 어디에서 나오는 거지? 이대로 계속하면 나는 극복할 수 있다. 그렇게 되면 지는 건 스즈네 어머니 쪽인데?

역시 허세 부리는 것일까? 스즈네 어머니의 그런 표정에 살짝 불안을 품었지만, 나는 몇 초 후 그녀가 여유로운 이유가 뭔지 알게 되었다.

나는 그때까지 순조롭게 할짝할짝 달짝지근한 사탕을 핥았지만, 잠시 핥던 참에 달콤한 속에 신맛을 느끼기 시작했다.

응? 이게 뭐지?

그런 생각을 하면서도 핥고 있노라니 신맛은 서서히 강해져서, 정신을 차리니 달콤함은 옅어지고 입 안 가득히 신맛이 퍼졌다.

"어, 어머님, 이건……."

스즈네 어머니가 무언가 수작을 걸어왔다. 그 사실을 깨달은 내가 신맛에 입술을 삐죽이면서 그녀를 보자, 그녀 또한 입술을 삐죽였다.

"코노논 군, 시구나……."

아무래도 스즈네 어머니도 같은 상태인 모양이다.

그런 그녀의 표정을 보고서 나는 이해했다.

변태 시한폭탄…….

스즈네 어머니는 사탕에 장치를 걸어놓았다.

처음에는 일부러 지나치게 단 사탕을 핥게 하고서, 달콤한 표면이 다 녹은 참에 안쪽의 신 사탕이 모습을 드러낸다. 실컷 단맛에 절은 입 안에 덮쳐오는 신맛은 본래의 신맛 이상으로 내 침선을 자극한다.

그리고 그것은 스즈네 어머니도 마찬가지이다.

"어머나…… 시어서 타액이 멈추지 않아……."

"자, 잠깐만요, 어머님, 부디 참으세요!!"

그 결과 무슨 일이 일어나는가……. 그것은 두 사람 사이에 이어진 실이 여태까지와는 비교할 수 없는 속도로 스즈네 어머니의 타액에 침식되어 간다.

아니, 그것으로 모자라 눈에 띄게 실에 스즈네 어머니의 타액이 들러붙어, 마치 뱀처럼 내 입을 노리며 실을 타고 전해진다.

아, 이렇게나 잔뜩…….

"코노논 군…… 못 참겠어……."

"아, 어머님……. 그렇게나 잔뜩…… 아아……."

정신을 차리자, 스즈네 어머니의 타액이 내 입안을 침식하고 있었다.

"어머나…… 시어서 못 핥겠어……."

그렇게 말하며 버텨낼 수 없게 된 스즈네 어머니가 혀를 빼꼼히 내밀었다. 스즈네 어머니의 혀에서는 찐득이 무진장하게 타액이 방울져 내려서 내 입으로 신선한 타액이 공급되어 간다.

"으어어어어어어어어어어어어어어엇!!"

버텨낼 수 없었다. 몸부림치면서 부끄럽게 혀를 내미는 스즈네 어머니를 본 나는 저도 모르게 외쳤다.

스즈네, 미안……. 류타로는 소중한 사람을 배신하고서, 소중한 사람의 어머니에게 흥분하는 끔찍한 남자애입니다…….

"키득키득…… 내가 이긴 걸까?"

정신을 차리자, 스즈네 어머니는 웃는 얼굴로 돌아와 나를 바라보았다.

"………………."

"코노논 군, 그럼 안 되잖니. 소중한 사람의 엄마를 상대로 흥분하다니……."

아아, 부추기고 있어……. 배덕감이 쩔어…….

하지만 진 것은 진 것이다. 이렇게 절규해 놓고 스즈네 어머니에게 흥분하지 않았다는 변명은 통하지 않는다.

자신의 패배를 확신한 나에게 터무니없는 허무감이 덮쳐왔다.

나, 대체 뭘 하는 걸까…….

하지만 그때였다.

"선배, 아직 승부는 끝나지 않았어요!!"

새우처럼 몸을 뒤로 둥글게 젖힌 스즈네가 그렇게 외쳤다.

"어? 하, 하지만 나는 스즈네의 어머니에게 이렇게나……."

"선배, 저한테서 눈을 떼지 마세요……."

어? 무슨 소리지?

나는 그런 말을 하는 스즈네의 모습에 멍해졌지만, 그녀는 그런 나를 바라보고서 발그레 뺨을 붉혔다. 그리고 작은 입에서 귀여운 혀를 빼꼼 내밀더니, 혀끝을 꼬물꼬물 움직였다.

어? 그 움직임은 뭐야……. 무지막지 야한데…….

"선배…… 선배의 입 속에 있는 그 타액은 제 거예요……."

"스즈네, 무슨 소리를 하는 거야?"

"거짓말인지 정말인지는 아무래도 좋아요. 저와 키스하고 있다고 생각해 주세요. 그러면 제가 하는 말이 무슨 뜻인지 이해할 수 있을 거예요."

무, 무슨 소리지?!

아니, 하지만 스즈네가 나를 필사적으로 구해주려고 한다는 건 알겠다. 그렇다면 생각하는 게 아니라 느낄 수밖에 없다.

나는 스즈네와 키스하고 있다. 스즈네와 키스하고 있다. 스즈네와 키스하고 있다.

으엇?!

그때였다. 나는 느꼈다.

입 속에 침입하는 타액. 그것이 스즈네의 키스로 변환된다. 스즈네의 혀 놀림과 어우러져, 진심으로 스즈네와 키스하고 있는 것 같은 착각에조차 빠진다.

그렇다, 마치 장어의 냄새를 맡으면서 백반을 먹으면 장어덮밥을 먹는 것 같은 기분이 드는 것 같은…… 그런 착각.

으어어어어어엇!!

나는 키스하고 있다고!! 스즈네와 타액을 나누는 어른의 키스를 하고 있어!!

"서, 선배…… 좀 더 혀를 써요……."

"이, 이렇게…… 하면 되나?"

평범한 사탕이었을 물체는 스즈네의 혀로 변모했다. 스즈네를 느끼듯이 정성스럽게 사탕을 핥고 있노라니 "시, 싫어…… 그렇게 격렬하게 하면 안 돼……"라는 스즈네 어머니의 목소리가 들려온다.

"스, 스즈네, 비겁해. 코노논 군, 엄마 쪽을 보자."

스즈네 어머니가 그렇게 말하며 할짝할짝 사탕을 핥자, 그 움직임이 내 입 안으로 전해진다.

하지만 내 시선 끝에 있는 것은 새우처럼 몸을 뒤로 둥글게 젖힌 스즈네. 눈을 감은 채 필사적으로 꼬물꼬물 혀를 움직이는 스즈네이다.

아아, 스즈네가 격렬하게 내 입 안을 괴롭히고 있어…….

변태의 치환.

나는 스즈네 어머니의 혀 놀림을 완벽하게 스즈네와 나누는 가상 키스로 치환할 수 있었다.

그러자 그때 내 뺨에 무언가 툭 떨어졌다. 내 뺨을 만지자 거기에는 사탕을 잃은 실이 뺨에 찰싹 붙어 있었다.

아무래도 스즈네 어머니는 사탕을 전부 다 녹인 모양이다.

타임 업이다.

"내, 내가 이겼구나……."

그렇게 거친 숨을 반복하면서 승리 선언을 하는 스즈네 어머니. 하지만 그 직후, "엄마, 잠깐만!!"이라고 스즈네가 외쳤다.

"스즈네? 어떻게 생각해도 내가 이긴 것 같은데."

"그렇지 않아. 선배는 엄마보다 나한테 흥분했어."

"그렇지는——."

"그래. 선배는 엄마와 사탕을 서로 핥으면서도 나와 나누는 키스를 망상했어. 그렇다면 그건 엄마를 상대로 흥분한 게 아니지? 나한테 흥분했던 거지?"

거기에서 나는 스즈네가 갑작스럽게 행동한 의도를 이해했다.

스즈네는 내 흥분의 방향을 스즈네 어머니에게서 자신으로 바꿨던 것이다. 손발이 묶였으면서도 그런 기발한 일을 해냈다.

확실히 나는 마지막에, 스즈네 어머니가 아니라 스즈네와 키스하고 있다는 착각에 빠졌다. 즉, 나는 스즈네 어머니가 아니라 스즈네에게 흥분한 것이다.

"………………."

그런 스즈네의 주장을 듣고 스즈네 어머니는 눈을 휘둥그레 떴다. 하지만 잠시 스즈네의 진지한 눈빛을 바라보고 나서, 갑자기 "그것도 그러네……"라고 말하며 포기한 듯이 살짝 표정을 풀었다.

그리고 내 쪽으로 고개를 향했다.

"코노논 군, 분하지만 내가 졌어. 코노논 군의 소설에는 역시 스즈네가 필요한가 봐."

이겼다!!

뭔지 잘 모르겠지만, 나는 이긴 모양이다.

아직 승리를 믿을 수 없는 내 뺨을 스즈네 어머니가 쿡쿡 찔렀다.

"코노논 군, 두 번째 배덕감은 이해했어?"

"네? 그, 그건 이제…… 지겨울 만큼……."

"이번엔 소설을 위해서 어쩔 수 없이 코노논 군을 빼앗았지만, 앞으로는 스즈네의 마음을 절대로 배신하면 안 돼. 이건 코노논 군과 엄마의 약속이야."

"네, 네…………."

이리하여 나는 두 번째 배덕감을 손에 넣는 데 성공했다.

그 후로 나와 스즈네는 거실에서 스즈네 어머니의 그림 그리기를 바라보면서 지내게 되었다.

당연하게도 스즈네의 옷 갈아입기 타임이나, 아까 전 스즈네 어머니와 벌인 변태 NTR 실 전화 등의 상황은 뚜렷하게 스즈네 어머니에게 촬영당한 모양이다.

사탕을 핥으면서 스즈네와 원격 가상 딥키스를 했을 때 지은 내 표정을 화면 너머로 봤을 때, 진심으로 죽고 싶어진 것을 여기에 보고해 둔다.

그나저나 대단해…….

스즈네 어머니는 빠른 작업 속도도 그렇지만, 그 실력도 역시나 프로라 나도 모르게 목소리가 새어 나올 만큼 대단한 수준이었다.

아까 전 사탕의 영상은 스즈네 어머니의 손에 의해, 어머나 신기해라, 진한 딥키스 일러스트로 변모했다.

스즈네 어머니 또한 내 소설에 등장하는 것이다. 아무래도 딸에게서 주인공을 빼앗는 악녀로서 그 기색이 극명하게 일러스트화되어 간다. 그런 일러스트를 바라보고 있노라니 내 머릿속에 몇 가지 아이디어가 떠오른다.

일러스트가 일단락되었을 참에, 우리 세 사람은 스즈네 어머니의 제안으로 근처 대형 쇼핑센터에 식자재를 사러 가게 되었다.

아무래도 오늘 저녁엔 고기를 구워 먹을 모양이다. 그렇게 해서 차 한가득 식자재를 싣고서 별장에 돌아온 나는 다도실에서 정신 통일을 하던 쇼타를 불러서 바비큐 세트를 해변으로 운반했다.

그 무렵에는 시각은 저녁 6시를 지나 있어서, 커다란 바다가 저녁놀을 선명하게 반사하고 있었다.

예쁘다…….

"류타로. 오늘 하루 평온하게 지낼 수 있었던 것에 감사하고 나서 준비를 시작하자."

"어, 그래……. 평온한……."

오히려 오늘 하루 동안 평온했던 시간은 있었는지 없었는지도 의심스럽지만…….

그렇게 해서 쇼타와 둘이 잠시 황혼을 보내고 난 후 바비큐 준비에 착수했다.

쇼타는 손에 익은 듯이 척척 세트를 조립하더니 착화제에 불을 붙였다. 그 후로 더 나아가 4인분 의자를 조립했을 때, 썬 식자재와 종이 접시나 종이컵이 든 봉투를 든 스즈네와 스즈네 어머니가 별장에서 다가왔는데…….

으엇?!

별장에서 다가온 두 사람은 수영복 차림으로 변모했다.

왼쪽에 있는 스즈네는 아까 봤던 것처럼 새빨간 하이비스커스 무늬 비키니, 그리고 오른쪽에 있는 스즈네 어머니는 새하얀 백합꽃을 곁들인 마찬가지로 비키니 차림이다.

스즈네 어머니 쪽은 허리에 파레오를 두르고 있었는데, 어째서인지 이마에 선글라스를 얹고 있다.

눈 보신이야…….

그 감사한 광경에 넋을 잃고 있노라니, 정신을 차리자 두 사람은 내 바로 곁까지 다가와 있었다.

"류타로 구~운!!"

그러자 거기에서 스즈네 어머니가 당연하다는 뜻이 나를 뜨겁게 포옹했다.

"어, 어머니……. 그건……."

가슴에 안긴 나는 뺨 아랫부분에 수영복의 감촉, 윗부분에는 매끈매끈한 스즈네 어머니의 매끄러운 살결의 감촉을 품었다.

아아, 새로운 감각……. 나쁘지 않아…….

그렇게 스즈네 어머니의 부드러운 감촉을 느끼고 기쁨에 빠져 있노라니, "오, 오빠……. 엄마에게 너무 어리광 부려……"라고 말하며 스즈네가 부루퉁하게 뺨을 부풀렸다.

귀여워.

그리하여 스즈네 어머니에게서 해방된 나는 그 후 또 스즈네에게 포옹 받고 나서 접이식 의자에 걸터앉았다.

쇼타는 스즈네 어머니에게서 식자재를 받아 들고는 "우리에게 은총을 베풀어 주는 식자재들에 감사해야만 하겠네"라고 성인 같은 말을 입에 담고 나서, 소기름을 망에 얹고 그 후로 고기나 채소를 늘어놓았다.

아무래도 잠시 휴식이 찾아온 모양이다.

아아, 뭘까……. 하루는 이렇게나 길었던가…….

이 너무나 농밀한 하루를 돌이킴과 동시에, 피로가 확 몰려와 온몸이 무거워졌다.

지금은 일단 소설에 대해서는 잊고 순수하게 바비큐를 즐기자. 그런 마음으로 파도 소리와 고기 타는 소리에 귀를 기울이면서 널따란 해원을 바라보았다.

"오빠, 옆에 앉을게."

"류타로 군, 옆에 앉을게."

내 의자 양 사이드에 두 개의 접이식 의자가 붙었다. 각각 스즈네 어머니와 스즈네가 걸터앉았다.

가까운데.

두 사람은 당연하듯이 나에게 찰싹 들러붙듯이 걸터앉더니 내 위팔에 가슴을 가져다 댔다.
아니, 기뻐……. 두 개의 거유가 팔에 들이밀어져서 기쁘지 않을 남자는 없다.
하지만 지금의 나는 변태에 관해서는 배가 꽉 차서 위경련을 일으킬 것 같다.
하지만 그녀들의 만복 신경은 맛이 간 모양이라서, 내 손을 각각 손에 잡더니 자신의 넓적다리에 놓았다.
묵묵히 식자재를 굽는 쇼타와 양손에 꽃을 품으면서 그것을 바라보는 나.
이 상황은 뭐냐…….
대체 뭐지? 난 임금님이라도 되나?
그러자 거기에서 스즈네가 내 귀에 입술을 가져다 댔다.
"오빠…… 이게 배덕감 강화 합숙이라는 걸 잊지 않았겠지?"
아무래도 나에게는 잠시의 휴식도 존재하지 않는 모양이다.
이번에는 스즈네 어머니가 내 귓가에 입술을 가져다 댔다.
"코노논 군, 세 번째 배덕감은 기억하니?"
"네? 그~게 분명……."
"세 번째는 누군가에게서 소중한 사람을 빼앗는 배덕감이야."
스즈네 어머니는 그렇게 속삭이며 키득키득 웃고는 쇼타에게로 고개를 향했다.
"오빠, 뭘 위해서 구 오빠를 이번 합숙에 불렀는지 알아?"
"어? 그, 그야 쇼타도 있는 쪽이 인원수도 많아서 즐겁고……."

"물론 그것도 있어. 하지만 오빠가 세 번째 배덕감을 품기에 구 오빠 이상의 인재는 있을 거 같아?"

"무슨……?"

이거 휴식 시간이 아니잖아.

스즈네와 스즈네 어머니의 말로 인해 나는 그 사실을 강제적으로 자각하게 되었다.

여태까지 스즈네와 스즈네 어머니에 의해 첫 번째와 두 번째 배덕감을 지겨울 만큼 체험했다.

하지만 세 번째 배덕감. 요컨대 누군가의 소중한 사람을 빼앗는 배덕감만큼은, 이 셋만으로는 실현할 수 없는 것이다.

그녀들은 내가 쇼타에게서 그녀들을 빼앗기를 소망하고 있다.

"나는 쇼타의 소중한 엄마잖니?"

"나는 구 오빠에게 소중한 여동생이지?"

""그런 우리를 친구에게서 빼앗는 건 무척 배덕적이지?""

OH…… NO…….

쇼타, 도망쳐!! 지금 당장 여기에서 도망쳐!!

마음속으로 그렇게 외쳤다. 하지만 쇼타는 내 걱정 따위는 어디서 부는 바람이냐는 듯이 "고마워. 식자재여. 고마워"라고 말하며 식자재에 감사를 늘어놓으면서 고기나 채소를 굽는다.

"오빠, 나도 마음이 아파. 이런 방법, 사실을 취하고 싶지 않아. 하지만 선배의 소설을 훨씬 더 배덕적으로 만들기 위해서는 이것 말고 다른 방법이 없어."

“코노논 군, 각오를 다지렴. 훨씬 좋은 소설을 완성하는 건, 더 나아가서는 쇼타를 기쁘게 하는 일이기도 해.”

“아니, 그럴지도 모르지만요…….”

그보다 애당초, 왜 저 녀석은 아직 내 소설을 계속 읽는 거냐고. 더군다나 저 녀석, 늘 스즈네보다 빨리 감상을 적어주는데?

『집필 수고하셨습니다. 저는 최근, 선생님의 작품에서 깨달음의 경지를 찾아낸 사람입니다.』

『선생님의 작품은 세계의 진리입니다. 집필 수고하십니다.』

등등 이미 트롤링인 게 아닌가 싶을 만큼, 쇼타는 늘 영문 모를 댓글을 남긴다.

이제 최근에는 이 녀석은 내 작품을 야한 소설이라고 인식하지 않는 게 아닐까 하고 불안해지기 시작해질 지경이다.

그렇기에 생각한다.

“저기…… 스즈네?”

“뭔데?”

“쇼타는 깨달음을 얻었는데? 이제 와서 쇼타에게 질투심을 심기는 어렵지 않을지…….”

그렇다. 애당초 쇼타는 깨달음을 얻은 것이다. 그런 그에게 나와 스즈네나 스즈네 어머니가 알콩달콩한 모습을 과시해봤자 효과는 없다.

그런 쇼타에게서 세 번째 배덕감, 누군가에게서 소중한 사람을 빼앗는 배덕감을 얻기란 불가능한 것이다.

하지만 그런 내 걱정에 스즈네 어머니는 키득키득 웃음을 흘렸다.

"깨달음을 얻어 버렸다면. 또 속세로 되돌아오게 하면 그만이야."

무서워라. 터무니없는 말을 하네. 이 사람…….

"일단 오빠를 시스콘으로 돌아오게 만든 다음 질투하게 할 거야."

내 양 사이드에는 터무니없는 귀신이 앉아 있었다.

"아니, 스즈네……. 역시나 쇼타를 시스콘으로 되돌리면 일이 커지지 않을지……."

"괜찮아. 오빠가 만약 또 이전의 오빠로 돌아오면, 또 성벽을 바꾸면 그만일 뿐이니까……."

무척이나 쉽게 말한다.

애당초 우리는 한 달 전에 이 쇼타의 성벽을 억지로 비틀기 위해서 분투한 것이다. 확실히 세 번째 배덕감을 손에 넣기 위해서는 쇼타를 원래의 시스콘 자식으로 되돌리는 게 가장 효과적일지도 모르지만, 그 일은 다소 위험 부담이 지나치게 큰 것 같기도 하다.

하지만 스즈네도 스즈네 어머니도 의욕이 넘쳐난다. 그녀들은 의자에서 일어나더니 "쇼타!!", "오빠!!"라고 외치며 각각 쇼타의 곁으로 걸어갔다.

이봐, 이거 괜찮은 거냐…….

조마조마해하면서 두 사람을 바라보았다.

"여어, 엄마랑 스즈네. 대체 왜 그래?"

하지만 당사자인 쇼타 쪽은 그런 두 사람의 의도를 전혀 깨닫지 못한 모양이라서 생글거리며 고개를 뒤집고 있었다. 스즈네 어머니는 그런 쇼타에게서 집게를 빼앗더니, 그것을 망 가장자리에 놓고서 쇼타의 팔을 꽉 끌어안았다.

스즈네 또한 반대쪽 팔에 매달리더니 쇼타에게 시선을 보냈다.

"오, 오빠……. 스즈네랑 일선을 넘자."

돌직구잖아…….

그런 말을 듣고 쇼타는 살짝 놀란 듯이 눈을 휘둥그레 떴다.

"스즈네, 갑자기 왜 그래?"

"왜고 뭐고 없어. 나, 오빠를 정말 좋아해. 그러니까 일선을 넘자."

동요하는 쇼타에게 오른쪽 스트레이트를 계속 치는 스즈네.

물론 스즈네 어머니도 지지는 않는다.

스즈네 어머니 또한 무언가 고민스러운 표정으로 쇼타를 바라보더니, "으응……"이라고 무언가 한숨을 흘리고 나서 입을 열었다.

"쇼타…… 엄마랑 못된 짓을 잔뜩 하자."

이쪽도 돌직구이다.

"어, 엄마까지 갑자기 왜 그래?"

"왜고 뭐고 없어. 엄마는 있지, 쇼타랑 못된 짓을 잔뜩 하고 싶어……."

나는 대체 뭘 보고 있는 거지…….

그 너무나도 카오스한 광경에 이미 말도 나오지 않는다…….

갑자기 친여동생과 친어머니가 들이대자, 쇼타는 역시나 동요한 모양인지 눈을 휘둥그레 뜬 채로 가족을 번갈아 보았다.

"스즈네랑 엄마까지…… 이건 대체 무슨 농담이야?"

"농담이 아니야. 진심이야……."

"쇼타, 엄마는 이제 못 참겠어……."

그렇게 말하며 비키니 너머로 쇼타의 위팔에 두 사람의 풍만한 가슴을 밀어붙이고 있다.

아아, 이거 위험한 상황이야…….

적어도 내 눈에는, 그 광경은 쇼타의 성벽을 비틀기에는 충분하고도 남을 파괴력이 있는 것처럼 여겨졌다.

쇼타…… 미안…….

내 소설을 위해서 성벽이 비틀린 쇼타에게 진심으로 사죄하고 싶은 마음에 빠지면서, 나도 모르게 그에게서 눈을 피했……지만.

"엄마랑 스즈네 둘 다 머리라도 부딪쳤어?"

하지만 내 예상에 반해서 들려온 것은 쇼타의 그런 말이었다.

황급히 시선을 쇼타에게 되돌리자, 그는 무언가 어이가 없다는 듯이 스즈네와 스즈네 어머니를 번갈아 보고 있었다.

"두 사람, 우리는 피가 이어진 가족이야. 그런 가족에게 삐뚤어진 감정을 품는 건 좋지 않아."

거, 거짓말이지, 이봐…….

쇼타의 입에서 나온 것은 그런 말이었다.

네가 할 소리냐 하는 기분은 부정할 수 없지만, 그런 정론을 입에 담은 쇼타의 태도에 나뿐만이 아니라 스즈네도 스즈네 어머니도 곤혹스러운 듯이 입을 벌리고 있었다.

"분명 둘 다 마음이 흐트러진 거야. 맞아. 이번 휴일에 나와 같이 불경을 베끼자. 불경 베끼기는 좋다고. 불경을 베끼면 흐트러진 마음도 싹 원래대로 돌아갈 거야."

"부, 불경을 베껴? 그걸 하면, 기분 좋아져?"

그런 쇼타의 말을 듣고 스즈네가 고개를 갸웃거렸다. 아무래도 그녀는 불경 베끼기에 흥미를 품은 모양이다.

응? 아니, 그건 곤란해!!

이봐, 쇼타, 말려라!! 스즈네를 정화시키지 마!!

스즈네가 정화되어 착실한 인간이 되어 버리면, 나는 그저 친구 여동생을 모델로 관능 소설을 쓰는 위험한 놈으로 전락하고 만다.

쇼타가 무시무시한 스피드로 변태 스즈네를 정화하려고 하자, 나는 당황해서 스즈네의 어깨를 흔들었다.

그러면 안 돼!! 스즈네는 아직 변태로 남아 있지 않으면 곤란해!!

그런 내 바람이 전해졌는지, 스즈네는 화들짝 놀란 듯이 눈을 크게 뜨고서 나를 보았다.

"아, 서, 선배……. 저는 뭘……."

"스즈네…… 안 돼. 불경 베끼기 같은 걸 하면 스즈네가 착실해져 버릴 거야.”

“불경 베끼기……. 안 돼……. 나, 성실해져 버릴 거야……. 성실해져 버리면 곤란해…….”

스즈네는 잠시 그렇게 중얼대고 나서 “헉?!” 하고 눈을 크게 뜨며 고개를 옆으로 내저었다.

가까스로 스즈네가 정화되기 전에 변태에 머무르게 하는 데 성공한 모양이다. 안심해서 가슴을 쓸어내리며 쇼타를 보았다.

미라를 사냥하려다가 미라가 된다는 것은 바로 이런 상황이다.

그나저나…….

스즈네나 스즈네 어머니가 보내는 유혹에 굴하지 않는 쇼타를 바라보면서 나는 생각했다.

아무래도 내가 모르는 사이에 쇼타는 정말로 훌륭한 인간으로 성장한 모양이다.

쇼타…… 넌 대단해……. 아니, 정말로 거기에서 잘도 이렇게까지 훌륭한 인간이 되었구나…….

그렇다면 왜 아직 내 소설은 읽고 있는 건데?

“오, 오……빠?”

“쇼, 쇼……타?”

쇼타가 지극히 정론을 내세우며 반격하자 스즈네도 스즈네 어머니도 당황한 기색으로 그저 아연하게 멀거니 서 있었다.

“자, 다들 식자재가 구워진 모양이야. 다 함께 같이 바비큐를 즐기자!! 나는 정진하기 위해서 채소밖에 안 먹으니까, 모두는 맛

있는 고기를 잔뜩 먹어줘!!"

그런 쇼타의 말을 듣고 두 사람은 그의 팔에서 살짝 몸을 떼더니 내 곁으로 돌아왔다.

그리고.

"오, 오빠가 이상해져 버렸어……."

"쇼타가 이상해져 버렸어……."

그렇게 말하며 내 팔에 매달려서 슬프게 나를 바라보았다.

아니, 어떻게 생각해도 이상한 건 댁들이잖아…….

아무래도 두 사람의 계획은 무너진 모양이다. 당장이라도 울음을 터뜨릴 것 같은 얼굴로 몸을 붙이는 두 사람을 바라보면서 쇼타는 생긋 미소 지었다.

"류타로. 엄마도 스즈네도 류타로를 잘 따르는 모양이구나. 친구로서 우리 가족과 친해져서 기뻐. 앞으로도 나를 대신해 두 사람을 잘 부탁해!!"

"………………네……."

나, 쇼타를 평생 따라가겠어…….

사태는 내가 생각보다 더 심각했다.

쇼타를 변태로 타락시켜, 변태로 타락한 쇼타에게서 스즈네와 스즈네 어머니를 빼앗는다.

그런 즐겁고 즐거운 바비큐 모임은 쇼타의 상상 이상의 깨달음에 의해 맥없이 무너지고 말았다.

그리고 그런 쇼타의 깨달음은 내가 상정했던 몇십 배나 그녀들의 마음에 커다란 상처를 새겨넣은 모양이었다.

그 증거로 이르게 식사를 마친 두 사람은 말없이 바다 쪽으로 걸어가더니, 내가 부르러 갈 때까지 계속 나란히 앉은 채 무릎을 양팔로 감싸 안고서 앉아 있었다.

하지만 두 사람의 실망은 그 정도로 끝나지는 않았다.

바비큐 뒷정리가 끝나고 별장에 돌아온 나는 거실 융단에 배를 깔고 엎드려 노트북에 꾹꾹 플롯을 입력했지만.

"쇼타가…… 쇼타가 엄마를 싫어하게 됐어……."

"오빠가…… 오빠가 나를 싫어하게 됐어……."

""이제 나 같은 건 싫어하는구나…….""

시끄럽네, 거참!!

어쨌거나 시끄러운 것이다. 소파에서 몸을 맞대듯이 앉은 변태 모녀는 당장에라도 울음을 터뜨릴 것처럼 아까 전부터 계속 탄식하고 있다.

그 탓에 전혀 작업에 집중할 수 없다.

아아, 위험하네……. 이 절망적인 상황은 시급히 해결해야만 한다.

"저기…… 어머님?"

"코노논 군, 왜 그러니?"

"딱히 쇼타는 어머님도 스즈네도 싫어한다고는 말 안 했는데요?"

애당초 쇼타는 정말로 두 사람을 싫어한다고 하지는 않은 것이다.

쇼타가 한 행동…… 그것은 가족임에도 불구하고 수영복 차림으로 일선을 넘으려고 해온 변태 모녀에게 가족으로서 지극히 당연한 발언을 했을 뿐이다.

나는 쇼타 편이라고.

"코노논 군……."

스즈네 어머니는 그렇게 말하고 일어서더니, 엎드려 누운 나를 일단 앉히고는 어째서인지 뒤에서 포옹 해오며 내 어깨에 턱을 얹었다.

"코노논 군, 쇼타가 어리광 부리지 않는다는 건, 그건 이제 엄마나 스즈네를 싫어한다고 말하는 거나 마찬가지야."

"말하는 의미가 뭔지 좀……."

그리고 일단 나를 앉혀놓고 포옹한 의미를 가르쳐줬으면 좋겠다.

아, 참고로 스즈네 어머니도 스즈네도 수영복을 입은 상태다.

"쇼타는 엄마에게 옹알옹알 말해오는 게 보통 상태야. 그보다도 마이너스가 되면 그건 이미 싫어한다는 뜻이야."

다시 설명해 준 스즈네 어머니에게는 죄송하지만, 그래도 전혀 이해할 수 없었다.

하지만 뭐 스즈네 어머니에게도 스즈네에게도, 키우는 개에게 손을 물린 것 같은 기분이겠지.

확실히 나 역시, 어느 날 갑자기 스즈네가 제정신을 되찾아서 『저를 모델로 관능 소설을 쓰고 있나요? 솔직히, 질색이에요』라고 말한다면 일주일은 몸져누울 자신이 있다.

"코노논 군……."

"뭔가요?"

"지금부터 바리깡을 가지고 올 테니 까까머리를 해줘."

"아니, 저를 쇼타 대역으로 삼지 마세요."

스즈네 어머니도 스즈네도 중상이다. 물론 눈앞에서 탄식을 듣는 나도 상당히 마음고생이 심하지만, 실은 나에게는 또 하나의 고민이 있었다.

그것이…….

"선배…… 플롯은 순조롭나요?"

"어? 아, 뭐…… 어느 정도는……."

그렇게 대답해 보기는 했지만, 실은 순조롭다고 말할 수 없는 상태였다.

그리고 그 원인이 바로 실은 쇼타가 깨달음을 얻고만 상황에 있는 것이다.

내 몸은 이미 스즈네에게서 변태기를 제공받지 않으면 소설을 쓸 수 없는 특수 체질로 변하고 있다.

아니, 정말로 무섭네. 가볍게 스즈네의 변태에 손을 댄 나였지만, 점차 그 변태를 놓을 수 없게 되고, 정신을 차리니 마음도 몸도 너덜너덜합니다.

변태를 그만둘래요? 그렇지 않으면 인간을 그만둘래요?

그런 상태가 된 나에게 세 번째 배덕감을 손에 넣을 수 없었던 것은 치명적이었다.

몇 번이나 말하지만, 내 작품은 『친구의 여동생을 NTR』이다. 친구에게서 여동생을 빼앗는다는 작품이다. 그 빼앗은 기쁨이야말로 세 번째 배덕감이고, 그게 없다는 것은 작품의 척추가 없는 것과 마찬가지이다.

정말로 이런 몸이 되어 버린 나 자신이 한심하지만, 그 근간 부분의 배덕감을 이해할 수 없는 현재, 내 플롯은 휴지 조각이다.

뭐 단적으로 말하자면, 나 또한 이 변태 모녀 두 사람과 함께 눈물을 흘리며 어깨를 맞대고 앉아도 이상하지 않은 상태인 것이다.

그럼, 어떻게 해야 하나…….

이런 몸이 되고 싶지는 않았지만, 되어 버린 이상 시급한 변태 보급이 필요하다. 나는 세 번째 배덕감을 어디에서 손에 넣으면 좋을까…….

그런 생각을 하고 있노라니, 소파에 앉아 있던 스즈네가 "앗" 소리를 내며 갑자기 입을 열었다.

그런 스즈네의 모습을 보고 나와 스즈네 어머니가 동시에 고개를 돌리자, 그녀는 일어서서 나를 포옹하는 스즈네 어머니 앞에 쭈그려 앉았다.

"엄마, 편집장님을 부르면 해결될지도……."

왜 스즈네의 입에서 갑자기 편집장이라는 단어가 튀어나온 걸까…….

그보다 스즈네는 편집장과 안면을 튼 사이야?

나는 고개를 갸웃거렸지만, 나를 포옹하는 스즈네 어머니는 "확실히 그러네……"라고 말하며 무언가 수긍한 듯이 고개를 끄덕였다.

"편집장이라면, 코노논 군이 쓰는 플롯에 큰 힘이 되어줄지도 몰라……."

아무래도 두 사람은 내 플롯에 관해 이야기하는 모양이다. 하지만 그 편집장이라는 사람이 대체 내 플롯에 어떤 힘이 되어줄 수 있을까?

도통 모르겠어…….

"엄마, 지금이라면 아직 페리 시간도 제때 맞을 거야. 지금 당장이라도 부르는 편이 좋지 않겠어?"

"하, 하지만…… 편집장을 부르는 건 조금 위험한데? 최악의 경우, 코노논 군이 피를 흘리게 될지도 몰라……."

어? 피를 흘려? 뭔가 뒤숭숭한 말이 들려왔는데…….

왜 편집장을 부르면 내가 피를 흘리는 거죠?

"저, 저기…… 어머님?"

역시나 신변의 위험을 느낀 나는 두 사람의 대화에 끼어들기로 했다.

"두 사람은 무슨 얘기를 하는 겁니까?"

"물론 코노논 군의 플롯 애기인데? 편집장이 오면 분명 코노논 군은 세 번째 배덕감을 손에 넣을 수 있을 거야."

"아니, 어째서요……."

나는 아직 편집장을 만난 적이 없다. 하지만 스즈네 어머니를 통해서 편집장이 내 원고를 무척이나 높게 평가해 준다는 것은 안다. 그러니 어쩌면 편집장이 오면 플롯에 관여해서 무언가 조언을 받을 수 있을지도 모른다.

하지만 정말로 그런 간단한 이야기인가?

만약 그렇다고 친다면, 나는 일부터 이런 배덕 강화 합숙에 참여하지 않아도, 처음부터 편집장의 조언을 들으면 좋았던 게 되고 만다.

그리고 역시 스즈네 어머니의 입에서 튀어나온 피를 흘린다는 말이 너무나 불온하다…….

"코노논 군……."

"네, 네……. 뭔가요……."

"각오는 되어 있니?"

"각오라니 뭔가요……. 그저 편집장님과 인사만 하는 거 아닌가요?"

"편집장과의 대면은 그렇게 만만하지 않아. 물론 나는 온 힘을 다해 코노논 군을 지킬 생각이지만, 뼈가 부러지는 것쯤은 각오해 두는 편이 좋을 거야."

"아니, 대체 왜요……."

대체 왜? 대체 왜 편집장과 대면하기만 하는데, 피를 흘리거나 뼈가 부러져야만 하는 거냐고……. 나, 서적화 작업은 처음이라서 자세히는 모르지만, 서적화 작업은 그렇게나 무서운 거야?

"저, 저기…… 가능하다면 온건한 방법으로 편집장님께 인사드리고 싶은데요……."

"코노논 군, 코노논 군은 훨씬 더 좋은 플롯을 만들고 싶지? 모두를 야한 마음으로 만들 수 있을 만한 멋진 소설을 쓰고 싶지?"

"네? 그, 그야 그런데요……."

"그럼 위험 부담을 져야만 해."

"아니, 왜 재미있는 소설을 쓰는 데 뼈가 부러지는 위험 부담이 수반되는 건가요……."

"…………."

아니, 왜 대답해 주지 않지…….

무언가 가장 중요할 것 같은 질문에는 답해주지 않은 채, 얼버무리듯이 나에게서 시선을 피하는 스즈네 어머니. 그녀는 잠시 나에게서 시선을 피했지만, 갑자기 나를 보더니 "뭐, 뭐어 어떻게든 되겠지……"라고 말하고 무언가를 얼버무리듯이 웃음을 띠며 테이블 위에 있는 스마트폰을 손에 들었다.

그리고 무언가 누르더니 스마트폰을 귀에 댔다.

"아, 여보세요, 편집장? 응, 지금 있지, 코노논 군을 데리고 별장에 왔어. 어? 지금 당장 오겠다고? 응, 알았어. 그럼 기다릴게."

그렇게 스즈네 어머니는 시원스레 통화를 마쳤다.

대체 뭘까……. 편집장은 그런 친근한 존재인 걸까? 출판사에 근무한 적이 없는 나로서는 잘 모르겠지만, 스즈네 어머니의 말투는 마치 친구와 대화라도 하는 것 같았다.

그 친근함에 더 불안함을 느끼고 있노라니, 갑자기 누군가가 내 손을 움켜쥐었다.

스즈네이다. 스즈네는 내 곁에 쭈그려 앉은 채, 손을 꽈악 쥐고서 나를 바라보았다.

"선배, 괜찮아요. 이로써 분명 플롯을 만들 수 있을 거예요."

"어, 그래……. 잘 모르겠지만 그렇구나……."

"선배, 이제부터 무서운 일을 겪게 될지도 모르지만, 마음을 단단히 먹으세요."

"………."

대체 뭘까. 나, 지금, 굉장히 무서워…….

그렇게 해서 급거, 편집장이 별장에 찾아오게 되었다.

그 후로 나는 편집장이 도착을 기다리는 사이, 플롯 작성에 힘

쓰게 되었다.

스즈네 어머니의 말에 따르면, 편집장이 올 때까지 두 시간 이상 걸린다고 한다.

뭐, 우리도 두 시간 이상 차에 흔들린 데다 더 나아가 페리까지 타고 왔으니까, 그 정도 시간이 걸린다고 해도 이상하지 않다.

그런고로 나는 노트북과 눈싸움을 하면서 이도 저도 아니라며 머리를 굴렸지만, "선배"라고 갑자기 스즈네가 말을 걸기에 노트북에서 고개를 들었다.

소파를 보니 소파 위에서 양팔로 무릎을 끌어안고 앉았던 스즈네가 스마트폰을 한 손에 들고 나를 바라보고 있었다.

덧붙여서 옆에 앉은 스즈네 어머니는 손잡이에 기댄 채 고른 숨을 내쉬고 있었다.

아무래도 피곤한 모양이다.

"선배, 잠시 쉬면 어떤가요?"

"이대로 두기에는……."

스즈네의 제안은 고맙지만, 플롯 진척 상황은 그다지 좋지 않았다. 그 이유는 물론 세 번째 배덕감이다. 스즈네 어머니는 편집장이 오면 해결된다고 말했지만, 솔직히 해결된다는 확증 따위는 없으니 조금이라도 아이디어를 짜내두어야만 한다.

벽걸이 시계를 보았다. 그러자 어느새가 스즈네 어머니가 편집장에게 전화를 걸고 난 지 두 시간 가까이 지나 있었다.

"선배는 잔뜩 노력해서 장하네요. 하지만 너무 지나치게 몰두

하는 건 좋지 않아요."

"어? 뭐, 뭐어 듣고 보니……."

"선배, 제가 낮에 했던 얘기 기억하세요?"

스즈네는 갑자기 그런 질문을 해왔다. 당연하게도 나에게는 그녀가 무슨 얘기를 하는지 몰랐다.

그리고 고개를 갸웃거리는 나를 보고서 스즈네는 "열심히 노력하면 바다에서 놀자는 얘기예요"라고 대답했다.

아아, 그러고 보니…….

너무나 다양한 일이 일어났던 하루였기 때문에 새까맣게 잊어버렸다.

"미안, 까맣게 잊어버렸어……."

솔직히 사죄하는 나를 보고 스즈네는 키득키득 웃었다.

"그렇게 말하는 저도 아까 전까지 잊고 있었어요. 지금 이 시간이면 논다……는 건 무리일지도 모르지만, 해변을 산책하는 것쯤이라면 할 수 있어요. 선배, 저랑 같이 바다를 보러 가실래요?"

그것은 멋진 제안이다.

뭐 딱히, 오늘 플롯을 완성해야만 하는 것은 아니다. 평소에 바다를 볼 일이 거의 없는 데다 모처럼 스즈네가 제안해 주었다.

"그렇구나. 그럼 잠시 산책할까."

그렇게 해서 우리는 돌발적으로 해변 산책하러 나가게 되었다.

우리는 스즈네 어머니에게 담요를 덮어주고서 별장을 뒤로했다.

스즈네는 비키니 차림이었지만, 역시나 밤에는 조금 추운 모양이라서 방에서 가지고 온 카디건을 걸치고 있다.

별장 부지를 나가서는 별장과 해변을 잇는 도로를 가로질러, 우리는 밤의 해변으로 향했다.

"오, 오오……."

옥외등도 거의 서 있지 않은 암흑의 해변으로 발을 내디딘 나는 저도 모르게 그런 목소리를 흘리고 말았다.

눈앞에 펼쳐진 광경이 엄청났다.

밤하늘에 총총히 별이 빛나고 밤바다도 그 빛을 반사하며 빛나고 있었다.

진부한 표현이기는 하지만 보석함을 뒤집은 것 같은 광경이 눈앞에 펼쳐져 있었다.

주택가에서 자란 나에게는 당연하게도 처음 보는 광경이다.

그 너무나도 현실과 동떨어진 환상적인 광경에 잠시 그 자리에 멀거니 서 있노라니, 갑자기 스즈네가 내 팔을 꼬옥 끌어안았다.

"스즈네?!"

그 갑작스러운 행동에 눈을 크게 뜨자, 스즈네는 내 팔을 끌어안은 채 뺨을 위팔에 비벼댔다.

왜 그런지 잘 모르겠지만 귀여워…….

하지만 어째서?

"스즈네……. 왜 그래?"

"선배……. 저, 아주 조금 질투했어요……."

어? 그 발언은 뭐야……. 무지 귀여운데…….

갑자기 여자애에게 들으면 기쁜 말 랭킹 상위를 입에 담은 스즈네.

하지만 질투라니 무슨 일일까…….

스즈네의 질투심에 짐작 가는 바가 없었던 내가 고개를 갸웃거리고 있노라니, 스즈네가 입술을 삐죽이며 나를 도끼눈으로 쳐다보았다.

그 얼굴은 뭐야……. 귀여워.

"아까 전 승부. 확실히 선배가 이겼지만, 솔직히 아슬아슬한 승리였어요. 엄마를 상대로 그런 야한 얼굴을 하는 선배를 보면, 그야 저도 질투쯤은 해요……."

"아, 아아……. 그렇구나……."

아무래도 질투한 상대란 스즈네 어머니인 모양이다.

여태까지 스즈네는 내 소설에 많은 영향을 끼쳐왔다.

온갖 변태 플레이를 발명해서는 나에게 배덕감이나 수치심을 심어줘서, 내 소설을 훨씬 고차원적인 물건으로 끌어 올려 주었다.

그 점은 물론 나 역시 자각하고 있다. 솔직히 말하자면, 스즈네의 행동은 내 소설에 절대적인 지침을 내려주었던 것이다.

하지만 아까 전 승부로 하마터면 스즈네의 절대적 존재감이 무너질 뻔했다.

스즈네 어머니라는 터무니 없는 몬스터가 강림해 온 탓이다.

"솔직히 말하자면, 저는 선배의 소설에 필요 불가결한 존재라

고 멋대로 자부했어요. 하지만 엄마는 강적이에요. 물론 엄마도 선배의 소설을 위해서 애쓰는 건 알고, 가능한 한 그걸 지원하고 싶긴 하지만, 역시 살짝 분했어요…….”

“스즈네…….”

“선배, 선배의 소설에 저는 정말로 필요한 존재인가요?”

“그야 물론이지.”

“그럼, 엄마뿐만이 아니라 저도 좀 더 야한 눈으로 봐주세요.”

나는 그런 스즈네의 말에 예스라고 대답해도 될까…….

아니, 물론 그렇게 말해주는 건 기뻐.

하지만……『응, 그럼 앞으로 스즈네를, 잔뜩 야한 눈으로 볼게』라고 대답하는 것도 그건 그것대로 사람으로서 어떨지 싶다.

“대답은 안 해주시나요?”

대답하지 못하자 스즈네가 내 팔을 꼬옥 끌어안았다.

“어? 아, 아니…… 그러니까…….”

“선배, 말로 표현해야 전해져요.”

“그, 그게, 앞으로도 스즈네를 야한 눈으로 볼까 합니다…….”

“변태…….”

고맙습니다.

어쩐지 잘 모르겠지만 상을 받을 수 있었다. 스즈네는 그런 내 말에 조금은 만족한 모양이라 거기에서 겨우 살짝 웃음을 띠었다.

그녀는 나에게서 몸을 떼더니 이번에는 내 머리에 손을 얹었다.

“선배, 오늘은 잔뜩 힘내셨네요. 장하다, 장해.”

그렇게 말하며 그녀는 내 머리를 쓰담쓰담 어루만지기 시작했다. 예상치 못한 상이 찾아왔다.

이거야. 이 감촉이야. 이 감촉이 있기에 나는 열심히 소설을 쓸 수 있는 것이다.

스즈네에게 오랜만에 쓰담쓰담 받아서 나는 그런 사실을 새삼스럽게 떠올렸다.

스즈네는 내 머리에서 손을 떼더니 또 내 팔에 매달려 왔다.

"관능 소설이란 건 특별히 야한 장면이 다가 아니에요. 이렇게 평범한 커플 같은 일을 하는 것도 분명 소설에 참고가 될 거예요."

확실히 그렇다.

딱히 관능 소설은 모든 페이지에 야한 짓을 해야만 한다는 규칙은 없는 것이다. 그렇다면 스즈네가 말하는 평범한 커플처럼 지내는 일 역시 관능 소설에 참고가 되지 않을 리 없다.

"선배……."

스즈네는 살짝 뺨을 물들였다.

"확실히 엄마는 대단하다고 생각해요. 엄마에게는 저에겐 없는 어른의 매력이 있다고 생각하고, 질 생각은 없지만 지고 있는 부분도 있을 거예요."

"그렇지는……."

"아뇨, 사실이니까요……."

그렇게 말하면서도 그녀는 팔을 힘차게 끌어안았다.

"하지만 이렇게 풋풋한 커플인 척하는 건 저하고만 할 수 있는 걸요? 엄마는 경험은 많지만, 경험이 없는 척은 분명 못 할 테니까요……."

스즈네는 그렇게 말하며 아주 조금 부끄럽다는 듯이 웃었다.

귀여워…….

확실히 스즈네의 말이 맞는다. 확실히 스즈네 어머니는 야하고, 솔직히 말하자면 때로는 스즈네 이상의 색기로 나를 덮쳐오기도 한다. 하지만 스즈네에게는 스즈네의 매력이 있다.

이렇게 부끄러워하거나 풋풋하게 손을 잡아주거나 하는 것도 스즈네밖에 못 하는 일이다.

"스즈네 네 말이 맞아. 딱히 야한 짓을 하는 것만이 관능 소설은 아닌걸."

그런 당연한 사실을 가르쳐준 스즈네에게 감사하고 있노라니, 그녀는 여전히 미소를 띤 채로 고개를 끄덕였다.

"맞아요. 여기에서 매우 평범한 커플을 연기함으로써, 야한 장면에서 훨씬 더 독자는 불타오르는 거예요."

"그, 그렇군요……."

뭔가 내가 하고 싶었던 말과 조금 다른 것 같은데.

어쩐지 그 말투에 따르면 지금 이 풋풋한 느낌이 그저 전희로만 들리잖아.

뭐, 아무래도 상관없나.

어쨌거나 이건 부수입이다. 평소의 변태 모드인 스즈네와는 뭔가 좀 다른 풋풋한 모습의 스즈네는 뭔가 좀 다른 풋풋한 모드의 스즈네를 즐기기로 했다.

그 후로 우리는 팔짱을 끼고서 해변을 가볍게 산책했다. 그 도중에 우리는 커다란 조개껍데기 두 개를 찾아서 그것을 이번 여행 기념으로 가지고 돌아가기로 했다.

조개껍데기를 바라보는 스즈네의 눈동자는 밤하늘을 반사해 반짝반짝 빛나서 정말로 귀여웠다.

대체 뭘까…… 엄청 신선해…….

이번 합숙으로 변태 하이퍼 인플레이션을 일으켰을 뿐인데, 내 눈에는 그런 평범한 여자애 같은 스즈네의 모습이 평소보다 더 빛나 보였다.

스즈네가 제안한 산책 덕분에, 아주 조금 변태를 잊을 수 있어서 좋은 재충전이 되었다.

팔에 스즈네의 가느다란 몸과 가슴의 감촉을 품으면서 스즈네와의 연인 기분을 맛볼 수 있었던 나는 별장에 돌아가서 조금만 더 힘내고자 해변을 나왔다.

"우어어어어어어어어어어어어어어어어어어어어어어어엇!!"

해변을 나가서 도로를 가로질렀던 참에, 이때까지의 분위기를 깨부수는 것 같은 그런 포효가 주변에 울려 퍼졌다.

이건 또 무슨 소리지?

묘하게 기시감이…….

그런 생각을 하면서 외침 소리의 출처로 고개를 돌렸다.

그러자 거기에는 검은 정장을 몸에 걸친 스킨헤드에 선글라스를 쓴 남자가 서 있었다.

오, 이런…….

저번에 만났던 그 마피아였다.

"어, 어째서냐!! 어째서 네가 스즈네와 팔짱을 끼고서 걷고 있는 거냐아아아아!!"

최악의 조우 타이밍이었다. 그보다 왜 마피아가 여기에 있는 거냐고!!

참으로 그 이유를 알 수 없었지만, 확실히 거기에 마피아는 서 있었다. 이 험상궂은 얼굴도 외침 소리도 틀림없이 마피아이다.

그리고 마피아는 흥분한 기색으로 팔짱을 낀 나와 스즈네를 바라보고 있었다.

그건 즉, 내 죽음을 의미하는 거고…….

"아, 안녕하세요……."

허사라는 걸 알지만, 일단 인사를 해보았다.

하지만,

"으어어어어어어어어어어어어어어어어어엇!!"

어, 안 되겠어……. 마피아는 순식간에 삶은 문어처럼 얼굴이 새빨개지더니 내 곁으로 달려왔다.

그리고.

"너, 너 이 자식!! 우리 스즈네와 뭘 하고 있냐!!"

그렇게 소리를 지르더니 내 멱살을 움켜쥐었다. 그리고 키스할 수 있을 만큼 얼굴을 가져다 대고는 귀신 같은 형상으로 나를 노려보았다.

오줌 지릴 것 같네.

"이건 뭐랄까……."

그저 관능 소설에 참고하기 위해 스즈네와 알콩달콩 깨를 볶고 있었을 뿐입니다……라고는 입이 찢어져도 말 못 할 것 같다.

"아, 아빠!! 선배를 놔줘!!"

스즈네가 마피아에게 매달렸다.

하지만 마피아는 스즈네의 목소리가 귀에 들어오지 않은 모양이라서 "으어어어어어어엇!!"이라고 외치고 나를 공중에 띄우며 노려보는 상태이다.

"이, 이 자식!! 죽을 각오는 되어 있겠지이이이이!!"

"아, 아버님……. 포, 폭력은……."

"네 놈에게 아버님이라고 불릴 이유는 없다아아아아아!!"

아차, 가장 해서는 안 될 말을…….

마피아를 달랠 생각으로 말했는데 역효과이다.

진심으로 물고기 밥이 되는 것을 각오하는 편이 좋을지도 모른다. 마피아의 귀신 같은 형상을 바라보면서 나는 그렇게 깨달았다.

그나마 바다가 가까우니 오래 고통받을 거 없이 금세 물고기님의 밥이 될 수 있다.

스즈네, 짧은 시간이었지만 친하게 지내줘서 고마워.

나, 물고기님의 밥이 되어 그것을 낚아 먹은 사람의 양분이 될 테니까, 앞으로 물고기를 먹을 때는 조금은 나에 대해서 떠올려 줘.

죽음을 각오한 나는 이를 악물었다.

"어머~, 마침내 도착했네~."

마피아의 등 뒤에서 그런 목소리가 들려왔다. 그 목소리를 듣고 내가 얼굴을 살짝 옆으로 꺾어서 보자, 몸에 담요를 두른 스즈네 어머니가 있었다.

스즈네 어머니는 이 나와 마피아 사이에 감도는 긴장감을 깨닫고 있는 것인지 깨닫지 못한 것인지, 생글생글 미소 지으면서 이쪽으로 걸어왔다.

"어머~, 코노논 군도 참, 여보가 비행기를 태워주고 있구나~. 조만간 장인어른이 될 테니까 예행연습일까?"

터무니없는 말을 하는군요.

그 긴장감이 한 톨도 없는 느긋한 스즈네 어머니의 모습에 오한이 퍼지는데, 그녀는 우리의 곁까지 걸어와서 마피아를 올려다보았다.

"여보, 뭐 해?"

스즈네 어머니는 냉정하게 마피아에게 물었다. 그런 스즈네 어머니의 질문을 듣고 마피아는 여전히 흥분한 기색으로 "죽여주마!! 스즈네에게 손을 대다니!! 지금 당장 죽여주마!!"라고 의사소통이 되는지 아닌지 모를 대답을 했다.

마피아 손에 가볍게 공중에 띄워진 상태로 목소리도 못 내고 떨고 있노라니, 문득 내 멱살을 움켜쥔 마피아의 팔을 스즈네 어머니가 붙잡았다. 스즈네 어머니는 여전히 생글거리면서 마피아를 바라보았다.

"여보, 장래 비너스 문고의 간판 작가가 될 대작가님의 멱살을 움켜쥐다니 어떻게 된 거야?"

그렇게 말하며 스즈네 어머니는 손톱을 마피아의 팔에 박아 넣었다.

그러자 그때까지 삶은 문어가 되었던 마피아는 무언가 쓴웃음을 띠며 스즈네 어머니를 바라보았다. 그리고 천천히 공중에 떠 있던 내 몸도 지면에 내려놓았다.

"코노논 군에게 손을 대면 쫓아낸다? 미나즈키가에서도 사회에서도."

오우……. 방금 미나즈키가의 계급 피라미드를 엿본 기분이다.

스즈네 어머니가 웃는 얼굴로 공갈하자, 아까 전까지 그렇게나 위세가 좋았던 마피아는 부들부들 몸을 떨면서 내 흐트러진 옷깃을 정돈해 주었다.

"죄, 죄송합니다."

그리고 마피아는 나에게 고개를 숙였다.

일단 절망적인 상황은 회피한 모양이다. 그 사실을 이해한 내가 역시나 부들부들 떨고 있노라니, 스즈네 어머니는 내 몸을 뒤에서 꼬옥 끌어안아 주었다.

"코노논 군, 무서웠지~. 하지만 이제 괜찮아~."

"어, 엄마……. 나, 무서웠어……."

"그렇지만 있잖아. 거기 아저씨는 무서운 사람이 아니야. 이 사람은 있지~. 코노논 군이 앞으로 신세 질 편집장님이야~."

거짓말이지……?

아무래도 편집장이 마피아였던 모양이다.

어쩐지. 피를 흘리거나 등 뼈가 부러질 위험 부담이 있을 법하다.

왜 나는 움직이면 움직일수록 미나즈키가와의 관계가 농밀해지는 걸까. 내가 서적화에 손을 대고 나서 만난 사람……. 아니, 만나지 않은 사람도 미나즈키가 사람밖에 없지만…….

독자, 미나즈키가.

협력자, 미나즈키가.

담당 편집, 미나즈키가.

일러스트레이터, 미나즈키가.

편집장, 미나즈키가.

출판사 사장, 미나즈키가.

뭔데? 이 세상은 미나즈키가를 중심으로 돌고 있나?

그런 착각에 빠지고 말 만큼, 내 주위에는 착실히 미나즈키가로 굳어져 있었다.

우리는 별장으로 돌아왔다.

스즈네 어머니는 내게 소파에 앉으라고 재촉하고 그녀도 내 옆에 걸터앉았다. 그 결과, 나는 비키니 차림의 스즈네와 스즈네 어머니에게 샌드위치처럼 낀 형태가 되었다.

마피아는 그런 나를 슬프게 바라보고 있었지만, 스즈네 어머니가 "여보는 여기야"라고 바닥을 가리키자 바닥에 정좌했다.

대체 뭘까……. 미나즈키가에서 마피아의 입지는 애완동물 정도인가……?

그런 마피아를 불쌍하게 여기면서도 나는 의문을 품었다.

애당초 왜 스즈네 어머니는 마피아를 여기에 부른 걸까?

뭐 나를 편집장을 만나게 해주고 싶다는 표면상의 이유는 이해할 수 있었지만, 일부러 오늘 이 타이밍에 그런 일을 할 필연성은 없다.

물론 스즈네 어머니의 성격상 의미도 없이 이런 일을 할 리가 없지만, 스즈네 어머니의 속내가 보이지 않아서 솔직히 몸이 떨립니다…….

불안을 품으면서 스즈네 어머니를 곁눈질로 보았다. 그녀는 여전히 웃는 얼굴로 마피아를 바라보고 있었다.

"있잖아, 여보?"

"뭐, 뭔가요……."

"여보는 코노논 군의 소설을 정말 좋아하지?"

"네? 뭐, 뭐어 그렇습니다만……."

그렇게 말하고 품에서 손수건을 꺼내 들어 이마의 땀을 닦는 마피아.

그러고 보니 편집장은 내 작품을 무지막지 높게 평가해 준다고 했던가?

그런 사실을 새삼스럽게 떠올렸다. 여하튼 나를 비너스 문고의 간판 작가로 만들고 싶다든가 뭐라든가…….

"구체적으로 여보는 코노논 군이 쓴 작품의 어떤 점이 마음에 들었어?"

"네? 아, 그건 그…… 코노논 선생님의 작품은, 남자로서 결코 겉으로 드러낼 수 없는 욕망을 섬세하게 그리고 있어서, 그 점이 무척 꽂혔습니다."

대체 뭘까. 그저 소설의 감상을 입에 담았을 뿐인데, 이렇게까지 무서운 표정을 띄우는 인간을 나는 처음 봤다.

딱히 나는 전혀 나쁜 짓을 하지 않았을 테지만, 그런 마피아의 표정을 바라보고 있노라니 수수께끼의 죄책감이 샘솟는다.

"그래. 그건 알았어. 여보는 남자애가 여자애에게 괴롭힘당하는 소설을 무척 좋아하지?"

"네, 어어, 그렇죠……."

아무래도 마피아는 진성 마조히스트인 모양이다.

아무래도 좋은 정보다. 하지만 뭐 진성 마조히스트가 아니라면 미나즈키가에서는 살아갈 수 없다는 것을 나는 잘 이해할 수 있었다.

"스즈하……."

거기에서 마피아가 차마 버틸 수 없는 기색으로 스즈네 어머니를 불렀다.

"왜 그래?"

"슬슬 본론을 얘기해 주지 않겠습니까?"

아무래도 마피아 자신도 자기가 여기에 불려 온 것에는 대면 이상의 이유가 있다는 사실을 깨달은 모양이다.

스즈네 어머니는 그런 마피아를 거들떠보지 않고 힐끔 스즈네를 보았다. 그러자 스즈네는 모든 것을 이해한 듯이 일어서서는 바닥에 정좌한 마피아에게로 다가갔다.

그녀는 생글생글 미소 지으면서 마피아에게 오른 손바닥을 내밀었다.

"아빠…… 손."

스즈네가 그렇게 말하자, 마피아는 스즈네의 오른손에 손을 얹었다.

그렇구나……. 미나즈키가의 계급 피라미드 상으로 마피아는 스즈네보다도 아래에 위치하는 모양이다. 스즈네는 프라이드도 뭣도 없이 친딸에게 손을 얹는 마피아를 잠시 바라보았지만, 갑자기 그녀는 비키니 가슴께에 손을 넣더니 거기에서 수갑을 꺼내 들었다.

그리고.

"아빠…… 미안해."

그렇게 말하며 마피아의 팔에 수갑을 채웠다.

"스즈네?!"

당연하게도 그런 사랑하는 딸의 행위에 마피아는 놀란 듯이 눈을 크게 떴지만, 스즈네는 마피아의 팔을 재빠르게 등 뒤로 돌리더니 나머지 한쪽 팔에도 수갑을 채웠다.

"스즈네, 이건 어떻게 된 일이냐?!"

"아빠, 미안해. 하지만 엄마가 내린 명령이니까."

무엇인가가 시작되려고 하고 있었다. 하지만 대체 스즈네 어머니와 스즈네가 무엇을 시작하려고 하는지, 나로서도 마피아로서도 이해할 수 없었다.

마피아는 딸이 펼치는 구속 플레이에 동요를 숨기지 못한 기색이었지만 "아빠, 발에도 수갑을 채울 테니, 잠시 거기에 누워"라는 스즈네의 지시에 "이, 이렇게?"라고 말하며 순순히 누웠다.

틀림없는 진성 마조히스트군…….

그러자 한순간이라도 마피아를 불쌍하게 여겼던 것을 후회하며 얼빠지게 바라보고 있노라니, 순식간에 마피아는 구속되어 정신을 차리자 새우처럼 몸을 둥글게 뒤로 젖힌 마피아가 완성되었다.

아니, 나는 대체 뭘 보고 있는 거지…….

일을 마친 스즈네는 다시 내 옆에 걸터앉았다. 그와 동시에 스즈네 어머니가 내 손을 꽉 움켜쥐며 바라보았다.

"코노논 군, 이로써 플롯을 완성할 수 있어."

"네? 어떻게요?"

"벌써 잊었니? 세 번째 배덕감이야……."

"네? 아, 아아……."

그러자 거기까지 말을 듣고서 나는 마침내 스즈네 어머니가 마피아를 불러들인 이유가 뭔지 이해했다.

누군가의 소중한 사람을 빼앗는 배덕감…….

그렇구나……. 마피아는 깨달음을 얻어 버린 쇼타의 대역인 모양이다. 확실히 마피아는 스즈네 어머니 & 스즈네 러브이다. 그렇기에 아까 내 멱살을 움켜쥔 것이다. 그런 마피아에게서 변태 모녀를 빼앗는 것. 그것은 세 번째 배덕감을 손에 넣기 위한 조건을 완성하기 위한 조건을 완전히 충족했다.

아아, 무서워……. 스즈네 어머니, 정말로 무서워…….

내 소설을 위해서라면 수단을 가리지 않는다. 그런 스즈네 어머니의 프로 근성에 몸을 떨었다.

"여보, 아까 여보는 코노논 군의 소설을 멋지다고 말했지?"

그러자 거기에서 스즈네 어머니가 발끝으로 마피아를 찌르면서 물었다.

"마, 말하긴 했는데…… 그게 뭐 어쨌길래요?"

"그런 여보에게, 무척 유익한 정보를 가르쳐줄게."

"유익하다니…… 뭔가요?"

대체 뭘까. 그렇게 물어본 마피아의 표정이 점점 새파래졌다.

그리고 나 또한 내 얼굴에서 핏기가 가지는 감각을 느꼈다. 하지만 스즈네 어머니는 그런 우리의 표정 변화를 신경 쓰는 기색도 없이 생글생글 미소 지으면서 입을 열었다.

"실은 있지, 여보가 마음에 들어 한 그 소설, 코노논 군이 스즈네나 나를 모델로 쓴 소설이야.”

“으어어어어어어어어어어어어어어어어어어어어어어어엇!!”

마피아의 절규가 거실에 메아리쳤다.

이 무슨 잔혹한 현실인가. 마피아는 설마 거기에 그려진 내용이 딸이나 아내를 모티프로 한 내용이라고는 생각도 하지 않았을 것이다.

그리고 놀랍게도, 마피아는 그런 내 소설의 뒷사정을 깨닫지 못한 채 흥분하고 말았다.

아, 그리고 알아채셨을지도 모릅니다만, 댁의 아드님도 모델로 썼습니다…….

“어떻게 이런 일이!! 어떻게 이런 일이!!”

마피아는 그 현실을 받아들이지 못한 채, 그런 소리를 외치면서 데굴데굴 구르고 있다.

“키득키득……. 여보도 참 그럼 안 되잖아. 나는 어쨌거나 친딸을 모델로 삼은 관능 소설에 흥분해 버리다니…….”

악마다……. 거기에는 악마로 변한 스즈네 어머니가 있었다.

“으어어어어어엇!! 나, 나란 남자는 왜 이리 죄 많은 짓을!! 대체 무슨 짓을!!”

“하지만 어쩔 수 없겠지? 코노논 군의 소설은 무척이나 야하고 매력적인걸.”

“아빠…… 끔찍해…….”

그리고 스즈네에게서 그런 추가타를 받았다.

마피아는 죄 많은 자신을 참아낼 수 없는 기색으로 몸부림을 쳐댄다.

마피아가 불쌍해…….

하지만 악마로 변한 스즈네 어머니는 자비의 마음 따위를 가지고 있지 않다. 여전히 몸부림 쳐대는 마피아를 즐겁게 바라보면서, "어머, 어머, 여보도 참 불쌍해……"라며 전혀 불쌍하게 여기지 않는 것 같은 말투로 위로했다.

"아, 그렇지, 여보, 그 밖에도 좋은 걸 잔뜩 가르쳐줄게."

"아직 뭐가 있는 거냐!! 아직 죄 많은 짓이 남아 있는 거냐!!"

"실은 있지, 코노논 군의 소설을 돕기 위해서 나랑 스즈네, 둘이 코노논 군과 잔뜩 야한 짓을 해버렸어!!"

"으어어어어어어어어어어어어어엇!! 어떻게 이런 일이!! 어떻게 이런 일이!!"

다시 마피아의 단말마 같은 절규가 메아리친다.

여기는 지옥인가요…….

지나치게 몸부림 쳐댄 탓에 마피아의 선글라스가 흘러 내렸다. 하지만 손발을 구속당해 새우가 된 마피아는 벗겨진 선글라스를 고쳐 쓸 방도를 가지고 있지 않다. 그 결과, 내 눈앞에는 눈물을 머금은 동그랗고 귀여운 눈동자가 나타났다.

아, 마피아는 상상했던 것보다 몇 배나 동그랗고 귀여운 눈동자를 하고 있구나…….

나는 그런 마피아를 차마 배겨낼 수 없는 마음으로 바라보았지만, 거기에서 스즈네는 소파에서 내려와 마피아의 발치에 쭈그려 앉았다.

"아빠도 참 불쌍해……."

"으, 으어어어어어엇!!"

아니, 정말로 불쌍하잖아…….

"하지만 아빠가 후회하면 후회할수록, 코노논 군의 소설은 재미있어지는데? 가족 다 함께 코노논 군이 쓰는 소설의 양분이 되자."

"어떻게 이런 일이!! 이 무슨 죄 많은 일이냐!!"

정신이 점차 붕괴되는 마피아. 아무리 내 소설을 위해서라고는 해도, 보고 있기에 꽤 괴로운 광경이다.

"저, 저기…… 어머님?"

참다못한 나는 저도 모르게 스즈네 어머니를 말리려 들었다.

"이건 좀 지나친 게 아닐지……."

그렇게 묻자, 스즈네 어머니는 "어머, 그러니?"라고 말하며 고개를 갸웃거렸다.

"물론 제 소설을 위해서 해주시는 일인 건 알지만, 이건 아버님에게 너무 가혹하잖아요."

뭐랄까 배덕감은 충분히 이해할 수 있었다. 여기서부터는 완전히 시체 걷어차기이다.

그렇기에 말리려 들었지만, 스즈네 어머니는 그런 내 말을 이해하지 못했는지 "그럴까?"라고 말하며 신기하다는 듯이 마피아를 보았다.

그리고.

"아빠…… 정말로 싫어? 힘들어?"

"힘들어!! 이런 죄 많은 나 자신을 견뎌낼 수 없어!!"

그야 그렇다. 그것이야말로 평범한 감각이다.

하지만 그래도 스즈네 어머니는 마피아의 말에 고개를 갸우뚱했다. 그리고 마피아의 뺨을 쿡쿡 손가락으로 찌르더니, 무언가 장난스러운 웃음을 띠었다.

"여보…… 정말로 힘들어? 사실은 그런 말을 하고서, 자신이 놓인 처지에 흥분하는 거 아니야?"

그런 스즈네 어머니의 말을 듣고 마피아는 눈길을 피했다.

이, 이봐……. 거짓말이지……. 거짓말이라고 말해줘…….

마피아의 뺨이 살짝 붉게 물들었다. 그 모습을 본 나는 깨달았다.

이 사람, 기뻐하고 있어!

그 또한 미나즈키가의 사람이라는 사실을 뼈저리게 깨달았다.

이봐, 돌려줘!! 내 죄책감, 돌려줘!!

대체 뭔데? 아까 내 멱살을 잡았을 때도, 이 인간은 마음속에서 흥분하고 있던 거야? 자기 마음을 고양시키고 있었던 거야?

이루 말할 수 없는 마음이 들면서 마피아를 바라보고 있노라니, 스즈네가 "아빠, 기뻐 보여……"라고 중얼거렸다.

아무래도 이 변태 마피아는 지금 상을 받은 모양이다. 눈앞에 아내와 딸을 빼앗긴다는, 평범하게 살아가면 결코 맛볼 수 없는 극상의 흥분을 손에 넣었다.

즉, 나와 마피아는 지금 Win-Win 관계이다.

그 증거로 스즈네 어머니의 "그럼 그만둘까? 여보가 기뻐할 줄 알았는데"라는 말에 "계, 계속해 줘……"라고 대답했다.

계속하긴 뭘 계속해.

이 세상에는 변태만 존재하는 건가? 진심으로 그런 기분이 들어서 눈물이 날 것 같다.

거기에서 스즈네가 테이블로 손을 뻗었다.

"아빠, 아빠가 지금부터 봐줬으면 하는 게 있어."

그녀가 그렇게 말하며 손에 든 것은 텔레비전 리모컨이었다.

아…….

그녀의 의도를 순식간에 깨달았을 때는 이미 거대 텔레비전에 나와 스즈네 모녀의 영상이 커다랗게 비치고 있었다.

나에게 올라타서 실 사탕을 핥는 스즈네 어머니. 그리고 새우처럼 몸을 뒤로 둥글게 젖힌 채 나와 에어 딥키스를 하는 스즈네.

"으어어어어어어어어어엇!! 그만둬어어어어어어!! 그만둬어어어어어어어!!"

엄청나게 기뻐하고 있어……. 마피아가 엄청나게 기뻐하고 있어…….

"아빠, 좀 더 똑똑히 봐. 아빠가 우리를 위해서 열심히 일할 때, 나나 엄마는 선배와 이런 야한 짓을 하고 있었다고."

"어떻게 이런 일이!! 어떻게 이런 일이!!"

"무척이나 야하고 즐거웠어. 이걸 할 때, 아빠 생각은 까맣게 잊을 만큼, 나도 엄마도 야한 기분이 들었어."

"그만둬어어!! 그런 걸 보고 싶지 않아아아아아!!"

나는 뭘 보고 있는 걸까.

그만두라고 말하면서 이 아저씨는 흥분하고 있다. 그 증거로 마피아의 눈이 반짝반짝 빛나고 있고, 보고 싶지 않다고 말하면서 텔레비전에 두 눈이 못 박혀 있다.

그런 마피아를 바라보고 있으니, 마음속에서 감정이 차게 식어 가는 감각을 느꼈다.

배덕 강화 합숙 덕분에 나는 무사히 귀가할 때까지 플롯을 완성하는 데 성공했다.

솔직히 말하자면 즐거운 합숙은 아니었다. 나는 이 합숙에서 몸을 갈아 배덕감을 심게 되고, 육체적으로도 정신적으로도 너덜너덜해졌다.

하지만 그 결과, 플롯 작업에는 전혀 골치를 썩이지 않았고, 스즈네 어머니가 바라던 배덕감도 전부 이해하고서 집필할 수 있었다.

그 결과, 별장을 나가기 직전에 스즈네 어머니는 내 플롯을 "열심히 애썼구나. 착하다, 착해"라고 칭찬해 주었고, 편집장도 "무, 무척 좋아요……"라고 찬미의 말을 선사해 주었다.

쇼타는 쇼타대로 "이번 여행으로 똑똑히 나 자신을 다시 볼 수 있었어"라고 말하며 만족스러운 기색이었다.

그렇게 해서 갔던 멤버에 변태 편집장도 더해서, 우리는 자택으로 돌아왔다.

"선배, 앞으로도 같이 힘내요!!"

"그래……."

집 앞까지 바래다주는 차에서 내린 나는 차 안에서 손을 흔드는 스즈네를 배웅하고는 잠시 아연하게 멀거니 선 후, 천천히 하루 만에 보는 자택 문을 열었다.

문을 열자 현관에는 가족이 한자리에 모여 있었다.
"오빠, 어서 와……."
미유키는 무언가 심각해 보이는 표정으로 나에게 인사했다.
그리고 그 양옆에 선 내 부모님 또한 심각해 보이는 표정으로 나를 바라보고 있었다.
뭐야, 이 분위기는…….
"다들 한자리에 모여서 왜 그래?"
그 온화하지 않은 분위기에 기가 죽으며 미유키에게 묻자, 그녀는 "오빠…… 있잖아……"라고 말하며 나에게서 시선을 피했다.
"이제부터 오빠에게 중요한 할 말이 있어. 그러니까 거실로 와 줘……."
그런 말을 한 미유키가 내 팔을 붙들고 잡아당겼기에, 황급히 신발을 벗고서 거실로 향했다.
거실에 도착한 나를 미유키가 의자에 앉혔고, 다른 가족들은 어째서인지 모두 테이블을 사이에 두고서 맞은편에 늘어서듯이 앉아 있었다.
무슨 상황이지?
왜 일이 이렇게 됐는지 모르겠지만 가슴의 술렁임이 가라앉지 않는다.
"미유키? 게다가 아버지와 어머니도 왜 그래?"
그 범상치 않은 분위기에 당연하게도 그렇게 질문하자, 부모님은 나에게서 시선을 피했다.

아니, 대체 왜…….

"오빠……. 오늘은 있지, 오빠에게 중요한 할 말이 있어……."

"중요한 할 말? 그, 그건 어떤 말인가요?"

"오빠는 있지, 스즈네와 교복 데이트를 하고 싶다고 말하고서, 내 방에서 세일러복을 훔쳐 가려고 했지?"

"……그땐 무척 폐를 끼쳤습니다……."

뭐지? 미유키는 그 일을 지금도 화내고 있는 건가? 그것을 부모님께 상담해서 일이 이렇게 된 건가?

아니, 하지만 그 건에 관해서는 스즈네의 지원 덕분에 해결됐을 것이다. 미유키도 화나지 않았고, 새삼스럽게 추궁하는 건 이상하다.

"오빠, 오빠는 어째서 스즈네에게 세일러복을 입히려고 한 거야?"

미유키가 물었다.

"그건……."

부모님 앞에서 그런 것을 발표시킬 생각입니까?

물론 가장 큰 이유는 스즈네가 내 관능 소설의 모델이기 때문이다.

하지만 그런 사실을 가족에게 말할 수는 없다.

"뭐, 뭐어 뭐랄까 신선함을 추구한다고나 할까……."

나로서는 애매한 대답을 할 수밖에 없었습니다.

그런 내 대답을 듣고 미유키는 "그래……"라고, 무언가 납득이 가지 않은 듯이 대답했다.

"어디까지나 오빠는 스즈네와 세일러복 데이트를 가고 싶었을 뿐이라고 말하고 싶은 거구나?"

"네."

"있잖아, 오빠……."

"뭔가요."

미유키는 잠시 내 얼굴을 물끄러미 쳐다보았다. 하지만 갑자기 어째서인지 뺨을 붉게 물들이더니 나에게서 눈길을 피했다.

미유키, 왜 그런 표정을 짓는데…….

"오, 오빠는 있지……. 사실은 스즈네에게 세일러복을 입히고 싶어서 미유키의 교복을 훔친 게 아니지?"

"미유키, 무슨 말을 하는지 오빠는 잘 이해가 안 가는데요……."

"그럼 이렇게 다시 물어볼까?"

미유키는 뺨을 붉힌 채 다시 시선을 나에게로 되돌렸다.

"오빠는 미유키의 세일러복을 스즈네에게 입히고 싶었던 거지?"

"응? 뭐가 다른데?"

"입힐 상대는 누구라도 좋았던 거지? 미유키의 세일러복을 누군가에게 입혀서 미유키 대역으로 삼으려고 한 거였지?"

"……?"

자, 잠깐, 미유키. 무슨 소리를 하는 거야? 오빠, 이야기에 좀 따라갈 수 없는데?

무언가 영문 모를 소리를 지껄이는 미유키. 그리고 그런 미유키의 말에 동조하듯이 응응 고개를 끄덕이는 부모님.

아니, 왜 동조하는 거냐고.

그 말투는 마치 내가 미유키를 좋아하는 것 같잖아.

"그런 일은 없습니다만……."

부정해 두어야만 한다. 뭔지 잘 모르겠지만, 이 세 사람은 나에게 시스콘 의혹을 걸려고 하는 모양이다.

대체 왜냐? 왜 일이 이렇게 된 거냐?

분명 미유키의 세일러복을 훔치려고 한 건 사실이지만, 그것은 스즈네가 거들어 주었고, 역시나 이렇게까지 확신을 품고 시스콘 취급을 해오는 건 이상하다.

대체 내가 합숙을 간 사이에 무슨 일이 있었던 거지?

나는 기가 막혀서 세 사람을 바라보았지만, 그런 나에게 미유키가 "하아……" 하고 한숨을 내쉬었다.

"오빠는 어디까지나 인정할 마음이 없구나?"

"인정하고 자시고, 사실무근이야. 뭐가 어떻게 되면 내가 미유키를 그런 눈으로 보게 되는 거냐고!!"

"그럼 있지, 이걸 보고도 오빠는 계속 사실무근이라고 말할 거야?"

미유키는 그렇게 말하며 테이블 위에 무언가를 놓았다.

그리고 나는 테이블에 놓인 물건을 보고서 할 말을 잃었다.

"으…………."

테이블 위에 놓인 것은 『중앙아프리카의 식문화』라고 적힌 문고본이었다.

이, 이건……!

"오빠의 가방에 들어 있던 책이야. 처음에는 오빠가 이상한 책을 읽는구나 싶었는데, 내용을 보고서 훨씬 더 깜짝 놀랐어."

OH…… NO…….

끝장났다…… 완전히 끝장났어…….

지금 일어날 수 있는 일 중에 최악의 사태다. 왜 이렇게 됐지?

"가볍게 훑어봤는데…… 이 소설, 주인공이 여동생과 야한 짓을 하는 소설이지? 더군다나 히로인의 이름, 미유키라는 이름이지? 더군다나 야한 장면에 포스트잇까지 붙여서 『미유키, 오빠는 이제 참을 수 없어!! 나는 미유키 안을 느끼고 싶어』라는 부분에 줄까지 긋고는……."

오해야!! 미유키, 그건 오해야!!

그 포스트잇을 붙인 것도, 줄을 그은 것도 스즈네라고!!

"세일러복 건은 스즈네도 좀 잘못한 것 같지만, 이건 오빠의 단독범행이지? 왜냐하면 스즈네가 이런 상스러운 소설을 읽을 리 없는걸!! 오빠, 아무리 그래도 이건 발뺌할 수 없지?"

그렇게 생각하잖아?

나도 몇 달 전까지는 스즈네가 그런 상스러운 소설을 읽을 리 없다고 생각했어.

하지만 있잖아……. 하지만, 이게 스즈네의 실태라고…….

하지만 미유키에게 진실을 얘기할 수 있을 리가 없다. 아니, 설령 얘기한다고 쳐도 미유키는 믿어주지 않겠지…….

"오, 오빠, 왜 아무 말도 안 해? 아무 대꾸도 못 하겠어?"
"아니, 이건 그게……."
그러자 그때 어머니가 귀신 같은 형상으로 노려보았다.
"류타로!! 너, 너…… 자기가 무슨 짓을 저질렀는지 아니?! 어느 세상에 친여동생에게 이런 감정을 품는 오빠가 존재하는데!!"
어머니…… 모르겠지만 있어……. 지금은 이미 개심했지만, 바로 근처에 미나즈키 쇼타라는 남자가 있었는데…….
"오, 오빠……. 나도 오빠를 좋아해……. 하지만…… 하지만 말이야, 그건 오빠로서 좋아하는 거야. 미안해. 나, 오빠의 마음을 받아줄 수 없어……."
미유키는 그렇게 말하며 눈물을 닦기 시작했다.
아아, 진짜 끝장이야!! 모든 것이 끝장이야!!
그날 밤, 나는 아버지에게서 얻어맞았다.
그리고 다음 날부터 나와 스즈네 둘이 미유키에게 오해라고 계속 설명해, 그녀가 받아들일 때까지 몇 주나 걸렸다는 것을 여기에 보고해 두겠습니다…….

후기

독자 여러분, 1권 이래 오랜만입니다.

이번에 『친구 여동생이 관능 소설 모델이 되어주겠다고 한다 2』를 구매해 주셔서 감사합니다.

여러분 덕분에 무사히 2권을 발매할 수 있었습니다.

그럼 이번 2권 말입니다만, 지난 회에 이어서 변태와 웃음의 폭력이라는 점에서는 타의 추종을 불허하는 작품으로 완성할 수 있었습니다.

이번에는 웹판에는 없는 완전히 새로 쓴 내용이고, 작가의 실력에 따라서 초고부터 대폭적인 원고 수정, 더 나아가서는 문제의 유행병 발병 등에 의해 상당한 난산이 되고 말았습니다…….

마감에 맞출 수 있을지 솔직히 조마조마했습니다만, 가까스로 이렇게 발매할 수 있어서 정말로 안심했습니다.

정말로 연시에는 녹초가 됐습니다…….

아, 그렇지, 이번에 스즈네에 더해서 스즈네 어머니, 쇼타, 더 나아가서 아빠까지 등장해서 미나즈키가 콰르텟이 마침내 완성되었네요.

이거 참, 정말로 캐릭터가 너무 강하잖아. 이 녀석들…….

이후에도 계속 미나즈키 일족의 다른 면면이 대기하고 있는 것 같은 기분이 들지 않은 것도 아닙니다만, 일단 2권에서는 이 정도를 내보내는 게 고작이었습니다…….

무언가 교훈 같은 것을 얻거나 감동의 눈물을 흘릴 만한 작품은 다른 작가님께 양보하고서, 그저 무심하게 배덕적인 마음이 들어 깔깔 웃어주신다면 작가로서 이만큼 행복한 일은 없습니다.

이번 후기는 4페이지나 되니 작품의 탄생 비화 같은 것을 쓸까 하는데…… 수요가 있을지 없을지 모르겠습니다만.

실은 이 『친구 여동생이 관능 소설 모델이 되어주겠다고 한다』의 토대가 되는 작품을 웹에 올리려고 했을 때, 스즈네는 친구 여동생이 아니라 류타로의 담임 선생님이었습니다.

미인에 다정한 담임 선생님이 자기 제자가 자신을 모델로 관능 소설을 쓰고 있다는 사실을 알고서, 곤혹스러워하면서도 학생이 열심히 소설을 쓴다는 사실을 책망하지 않고 협력해 버리는 내용입니다.

수업 중에 자신을 모델로 삼은 관능 소설을 집필하는 류타로에게 『카, 카나에 군…… 선생님을 딸감으로 쓰지는 말자……』라고 울상을 지으면서도 다정하게 주의를 주는 스즈네 선생님.

음, 이건 이것대로 귀여워요.

지금의 스즈네하고는 조금도 닮지 않은 스즈네 선생님입니다만, 아마 지금의 스즈네보다는 양식 있는 제대로 된 인간 같은 기분도 듭니다.

그 후, 이것저것 아이디어를 짜낸 결과, 류타로가 적극적으로 스즈네를 모델로 삼는 것은 이미 단순한 성추행이라는 지극히 당연한 결론에 이르러, 류타로 이상으로 스즈네를 변태로 만드는 것으로 지금 형태에 이르렀습니다.

현명한 판단이었던 것 같습니다.

하지만 류타로의 원고를 읽으면서 "흐아아……"라고 얼굴을 붉히는 스즈네 선생님의 세계선도 보고 싶어요…….

아, 그리고 초안에서 류타로는 스즈네 선생님만으로는 만족하지 못하고 친여동생까지 소설 모델로 쓰는 짐승인데, 쇼타와 류타로를 더해 둘로 나눈 것 같은 터무니 없는 주인공이었습니다.

정말, 지금 방향으로 정착해서 다양한 의미에서 다행입니다.

그런고로 간단하기는 하지만 본작의 탄생 비화였습니다.

이러저러해서 지금 형태가 되었습니다만, 2권의 스즈네는 아이디어를 짜냈을 때 미인에 마음 다정한 선생님이라는 콘셉트는 흔적도 없을 만큼 폭주하고 있습니다.

1권 시점에서도 상당히 과격한 캐릭터이기는 합니다만, 2권에서도 그녀의 변태 인플레이션이 멈추지 않아요, 멈추지 않아.

더 나아가서는 스즈네 어머니까지 참전해, 류타로의 정신이 언젠가 붕괴되어 버리는 게 아닐지 걱정하면서 집필하고 있습니다.

유사 작품이 전혀 보이지 않는 본작입니다만, 그런 작가의 폭주를 멋지게 일러스트로 만들어 주신 오료 선생님께는 매번 고개를 들 수 없습니다.

정말로 감사합니다.

이번에는 스토리 사정상 스즈네의 머리 모양이 양 갈래머리로 변경되었습니다만, 양 갈래 모습의 스즈네가 정말로 귀여워요.

이런 귀여운 여자애가 눈앞에 있다면, 그야 류타로도 관능 소설의 모델로 삼아 버리겠지? 라며 수긍하고 말 것 같으니까 무섭습니다.

또한 스즈네 어머니 일러스트도 스즈네와는 다른 어른의 매력으로 흘러넘쳐서, 그런 엄마가 눈앞에 있으면 어리광부리고 싶어지는 류타로의 마음을 지겨울 만큼 이해할 수 있었습니다.

그리고 출연은 적었지만 미유키도 무지막지 귀여워요.

마지막으로 담당 편집자 S님, 편집부 여러분, 오료 선생님, 더 나아가서 본작의 제작에 관여해 애써주신 모든 분께 감사드립니다.

그리고 무엇보다 본작을 집어주신 독자 여러분께 깊은 감사를 드립니다.

그럼 3권에서 또 독자 여러분과 뵐 수 있기를 기원하면서 붓을 놓겠습니다.

커피 무지 맛있어요.

2023년 2월 11일,
시모키타자와 카페에서.

친구의 여동생이 관능 소설의 모델이 되어주겠다고 한다 2

2024년 8월 15일 1판 1쇄 발행

저　　자 아키라 아카츠키
일러스트 오료
옮 긴 이 정우주
발 행 인 유재옥
이　　사 조병권
출판본부장 박광운
편집 2팀 정영길 박치우 정지원 조찬희
편집 3팀 오준영 권진영 이소의
디자인랩팀 김보라
디지털사업팀 박상섭 김지연 윤희진
라이츠사업팀 김정미 맹미영 이윤서
영업마케팅팀 최원석 박수진 이다은
물 류 팀 허석용 백철기
경영지원팀 최정연
인쇄제작처 ㈜코리아피엔피
발 행 처 ㈜소미미디어
등　　록 제2015-000008호
주　　소 서울시 마포구 토정로222, 502호 (신수동, 한국출판콘텐츠센터)
판매 및 마케팅 (070) 8822-2301

ISBN 979-11-384-8410-7
ISBN 979-11-384-8310-0 (세트)